십이천문 7

허담 新무협 판타지 소설

초판 1쇄 찍은 날 § 2019년 4월 22일
초판 1쇄 펴낸 날 § 2019년 4월 29일

지은이 § 허담
펴낸이 § 서경석

총괄팀장 § 최하나
편집책임 § 김경민

펴낸곳 § 도서출판 청어람
등록번호 § 제387-1999-000006호
등록일자 § 1999. 5. 31
어람번호 § 제2-2785호

주소 § 경기도 부천시 부일로 483번길 40 서경B/D 3F (우) 14640
전화 § 032-656-4452 팩스 § 032-656-4453
http://www.chungeoram.com
E-mail § chungeorambook@daum.net

ⓒ 허담, 2018

ISBN 979-11-04-91984-8 04810
ISBN 979-11-04-91872-8 (세트)

십이천문

十二天門

7

치우의 창 上

허담 新무협 판타지 소설

FANTASTIC ORIENTAL HEROES

청어람
도서출판

십이
천문

十二天門

目次

제1장
무림오선의 청부

　한동안 이상한 시간이 흘렀다. 거짓말처럼 거대한 세력이 세상에서 사라진 일을 두고 십이천문 사람들은 정신적인 공황 상태에 빠져 버렸다.

　그 큰 조직인 신화밀교가 합비 신터의 소멸 이후 흔적도 없이 사라져 버렸기 때문이다.

　무법의 항구 소항에서도 신화밀교의 흔적은 더 이상 찾을 수 없었다. 이후로는 기녀가 사라지는 기루도 없었다.

　합비 신터의 북로를 따라 탈출한 신화밀교 교도들 역시 전원이 물에 수장된 것처럼 자취를 감췄다.

　자왕 사송과 유왕 서리, 그리고 한때 신화밀교의 비밀스러운 살수 집단인 사신(死神) 무리의 중간 우두머리였던 조비까지 나서서 신화밀교의 흔적을 찾았지만 그 어디서도 신화밀교의 흔적은 발견되지 않았다.

어쩌면 그들을 추격하는 일에 오직 십이천문 사람들만 나섰기 때문일 수도 있었다.

북화문을 동원하고, 개방의 도움을 청하고, 아니, 무림맹의 삼대총관 중 한 명인 귀산 왕전의 도움을 받았다면 아무리 신화밀교라 해도 그 흔적을 완전히 숨길 수는 없었을 것이다.

그러나 불사 나왕과 십이천문의 사람들은 그들 중 누구에게도 도움을 청하지 않았다.

나왕이 신화밀교 합비 신터의 목인이었던 중양과 한 약속 때문은 아니었다.

사실 그 약속을 지키는 것은 불사 나왕의 명예와 관련이 되어 있긴 하지만 설혹 지키지 않는다고 해서 나왕을 비난할 사람은 없었다. 그런 약속을 했다는 것은 오직 십이천문 사람들만이 아는 사실이기 때문이다.

또한 불사 나왕은 실리를 중시하는 성정을 가지고 있기 때문에 그 약속 때문에 신화밀교를 찾을 수 있는 방법들을 포기할 사람은 아니었다.

불사 나왕과 십이천문 사람들이 굳이 외부의 도움을 구하지 않은 것은 혈월야를 조사하고 그 혈원을 푸는 일에 무림맹이나 다른 세력이 관여하는 것을 꺼렸기 때문이다.

금빛 칠화엽이 신화밀교 일곱 큰 스승들과 연관이 있다는 것은 알아냈지만, 신화밀교에서 혈월야에 관여된 사람의 범위가 정확히 어디까지인지, 무림의 다른 세력들도 그 일에 관여했는지는 아무도 장담할 수 없었다.

이런 상황에서는 자신들이 혈월야의 비밀을 풀려 한다는 것이 세상에 알려지면 득보다 위험이 더 많을 것이 분명했다. 그래서 십이천문 고수들은 시간이 조금 걸리더라도 자신들만의 힘으로 신화밀교의 흔적을 찾고자 했다.

하지만 결국 합비 신터가 불탄 지 반년이 지날 때까지도 십이천문은 신화밀교의 흔적을 찾지 못하고 있었다.

간혹 조비의 과거 기억에 의지해 몇 명의 신화밀교 교도들을 찾아낼 수는 있었지만, 철저하게 점조직으로 운영되고 있어서 그들을 통해 신화밀교의 본류에 접근하는 것은 불가능했다.

더군다나 삼 년간 뇌옥에 갇혀 있는 동안 조비가 알고 있던 신화밀교의 조직들은 거의 사라진 상태였다.

그래서 그가 비록 신화밀교에서 어둠의 전설 같은 사신들의 중간 우두머리였다고 해도 지금에 와서는 쉽게 신화밀교의 주류를 찾아낼 수 없었다.

그런저런 이유로 십이천문의 분위기는 무척 우울했다.

칠화엽의 의미를 알아내 혈월야의 비밀에 바짝 다가선 것 같다가 갑자기 앞으로 나가는 길이 막혀 버렸으니 십이천문 고수들의 기분이 좋을 리 없었다.

그런데 그렇게 우울한 분위기가 감도는 십이천문의 사정에 아랑곳하지 않는 청부자가 십이천문을 방문했다.

물론 보통의 경우라면 십이천문은 청부자를 만나지도 않았을 것이다. 그들에게는 신화밀교의 흔적을 찾는 일이 그 어떤 청부보다도 중요하기 때문이다.

그러나 그럼에도 불구하고 불사 나왕은 청부자를 만나지 않을 수 없었다. 왜냐하면 이 신생 청부문을 찾아온 자들이 천하를 움직이는 자들이기 때문이었다.

"대체 왜?"

불사 나왕의 못생긴 얼굴이 더욱 추하게 변했다. 급히 달려온 적월이 전한 말 때문이었다.

세상 사람들은 십이천문의 거처인지조차 모르는 장원 앞에 두 명의 늙은 손님이 나타났고, 그들은 불사 나왕을 찾았다.

물론 무림의 큰 세력들은 이젠 불사 나왕이 십이천문이라는 이상한 청부문에 몸담고 있다는 것을 모두 알고 있겠지만, 그래도 십이천문의 청부 규칙을 어기고 이렇게 직접 장원으로 자신을 찾아올 사람은 흔치 않았다.

아니, 사실은 전무하다고 봐도 상관없었다. 설혹 이곳이 십이천문의 장원인 줄 안다 해도 감히 천하십대고수 불사 나왕의 문파가 세운 규칙을 어기고 직접 찾아올 만큼 간이 큰 자는 없기 때문이다.

그러나 적월이 전한 말을 들어보면 오늘 자신을 찾아온 자들은 충분히 절차를 지키지 않고 나왕을 찾아와도 될 만한 인물이기는 했다.

단지 문제는 그의 방문이 불사 나왕에게 그리 달갑지 않다는 것이었다.

"스승님을 직접 뵙고 말씀하시겠다는데요? 역시 모셔야겠지요? 그분은……."

적월이 조심스레 물었다.

적월 역시 불사 나왕을 찾아온 사람을 알고 있었다. 정확하게
는 그중 한 명을 알고 있었다.

귀산 왕전, 무림맹의 삼대총관 중 한 명이자 현 강호에서 가장
존중받는 인물들인 무림오선의 일인인 그가 다른 노인 한 명과
불사 나왕을 찾아온 것이다.

"귀산 어른을 어찌 문전 박대할 수 있겠느냐? 다만… 그 양반
이 왔다는 것은 분명 귀찮은 일을 가져왔다는 의미라서 그렇지."

불사 나왕이 여전히 불편한 음성으로 말했다.

"어디로 모실까요?"

"당연히 접객청이지. 귀산 어른이라 해도 십이천문에 온 이상
본 문의 규칙을 따라야 한다."

"알겠습니다. 그런데 숙부님과 고모님도 부를까요?"

"음… 알려는 드려야지. 다만 내가 그들을 만나는 동안은 밖
에 계시는 것으로 해라."

"알겠습니다."

적월이 대답을 하고는 급히 귀산 왕전이 기다리고 있는 장원
의 정문을 향해 달려나갔다.

"이렇게 되면… 이 장원의 쓸모도 거의 다했다는 이야기가 되
는 건가? 함부로 찾아오는 사람이 생긴다는 것은……."

나왕이 적월의 뒷모습을 보며 중얼거렸다.

누군가 절차를 무시하고 찾아올 정도면 더 이상 이 장원은 십
이천문의 문도들을 안전하게 지켜줄 수 없었다.

십이천문 서쪽에 위치한 접객청은 가파른 산비탈과 급류가 흐

르는 강변으로 이어지는 수려한 경치를 볼 수 있는 위치에 있었다.

해가 뜨는 동남쪽에 접객청을 마련하지 않은 것은 그곳에서는 개봉성이 한눈에 보이기 때문이다.

개봉성이 보이는 위치라면 장원의 위치도 정확하게 알 수 있기에, 이렇게 산과 강이 보이는 곳에 접객청을 마련한 십이천문이었다.

그 접객청에서 귀산 왕전의 방문을 받은 불사 나왕의 표정은 왕전이 접객청으로 들어선 순간 또다시 변했다. 그리고 그의 표정 변화는 너무 급격했다.

귀산 왕전의 방문 소식을 들었을 때는 단지 귀찮은 일이 생길 것 같은 기분에 탐탁지 않은 반응이었지만, 정작 귀산 왕전이 그의 눈앞에 나타나자 뻐근한 긴장감이 그의 뒷머리를 굳게 했다.

이유는 귀산 왕전과 동행한 사람 때문이었다.

"명안(明眼)께서 어떻게 이곳에……."

탁자를 앞에 두고 앉아 있던 불사 나왕이 자신도 모르게 자리에서 일어났다.

자존심 강한 불사 나왕조차도 자리에서 일어나게 만들 자격이 있는 인물이 귀산 왕전과 함께 접객청에 들어왔기 때문이다.

명안(明眼) 이조, 바로 그가 온 것이다.

이 특별한 인물을 직접 본 사람은 아마도 강호에서 일백이 되지 않을 것이다. 그러나 그럼에도 불구하고 그의 별호와 이름을 모르는 사람은 강호에 존재하지 않는다.

그 이유 또한 명확했다. 그가 바로 오늘날의 무림을 만들어낸 사람이기 때문이다.

칠마와 십육마문의 난이 일어나 무림이 마도의 바람에 힘없이 쓰러져 가고 있을 때, 명안 이조가 강호에 등장했다.

그가 무림맹 구성을 제안했고, 자신이 직접 천하대파의 수장들을 설득해 무림맹 구성을 실질적으로 주도했다.

그럼에도 불구하고, 그는 무림맹을 세 명의 총관에게 맡기고 자신은 어떤 직책이나 권한도 행사하지 않았다.

더불어 칠마와 십육마문의 난이 끝난 후에는 아예 무림을 떠나 세상의 그늘 속에 은거하고는 무림의 일에 전혀 관여하지 않는 기인이었다.

그런 명안 이조이므로 불사 나왕조차 자리에서 일어나 맞이하지 않을 수 없었다.

더불어 그의 갑작스러운 등장이 나왕을 몹시 당황스럽게 만들었다.

"불사, 오랜만이구려."

명안 이조의 나이가 못해도 팔십 전후, 그가 칠마에 맞서 무림맹을 구성할 때의 나이가 환갑을 넘었다는 설이 많았으므로 이제 그는 평범한 사람이라면 죽음을 앞둔 나이였다.

그러나 무림인들은 보통 사람들과 달리 백 세 이상 장수하는 사람도 많아서 명안 이조 역시 저자에 나가면 아직 환갑 전후로밖에는 보이지 않을 외모를 가지고 있었다.

"명안께서 절 찾아오실 줄은 꿈에도 몰랐습니다. 이리로 앉으시지요."

불사 나왕이 자신이 앉아 있던 주인 자리를 명안 이조에게 권했다.

그러자 명안 이조가 사양하지 않고 불사 나왕이 권하는 대로 자리에 앉았다.

"귀산께서도 앉으시죠."

나왕이 귀산 왕전을 보며 말했다.

"그러세. 불사도 앉으시게."

귀산 왕전은 명안 이조보다도 더 편하게 불사 나왕을 대했다. 마치 십이천문이 자신의 문파인 듯 행동하는 왕전이었다.

명안 이조와 귀산 왕전이 자리를 잡고 앉자 접객청이 꽉 들어찬 느낌이 들었다. 그도 그럴 것이 이 두 사람은 당대 무림을 대표하는 기인들이었다.

두 사람 모두 무림오선으로 불리는 사람들이었고, 무림맹과는 떼려야 뗄 수 없는 관계를 가진 사람들이라 다른 오선들보다도 더 강한 권위를 가지고 있었다.

그래서 넓은 접객청이 두 사람으로 인해 오히려 좁아 보이는 것도 당연한 일이라고 할 수 있었다.

불사 나왕이 자리에 앉으며 귀산 왕전에게 물었다.

"어찌 된 일입니까?"

"내가 못 올 데라도 온 건가?"

"그건 아니지만……."

불사 나왕이 조금 불쾌한 표정을 지었다. 못 올 데는 아니지만 이렇게 갑자기 들이닥칠 곳도 아니라는 의미다.

배분으로야 귀산 왕전에게 한참 미치지 못하는 나왕이지만 무림에서의 평판으로는 그리 크게 뒤지지도 않았다.

나왕의 표정이 변하자 명안 이조가 부드러운 미소를 지으며 말했다.

"허허, 불사. 갑작스럽게 찾아와서 미안하이. 하지만 귀산의 잘못은 아니네. 내가 오자고 해서 귀산은 동행만 해준 것이네."

"명안께서요?"

나왕이 조금 놀란 표정으로 이조를 바라봤다.

사실 칠마의 난 때 명안 이조를 몇 번 본 적은 있으나 그렇다고 두 사람이 깊은 인연을 맺은 것은 아니었다. 그러니 이런 갑작스러운 방문은 더욱 의외의 일이었다.

"그렇다네. 내가 오자고 한 것이네."

"대체 무슨 일로……?"

나왕이 의아한 표정으로 물었다.

그러자 귀산 왕전이 두 사람의 대화에 끼어들었다.

"당연히 청부문에 청부를 하러 왔지."

"청부요?"

나왕이 뜨악한 표정으로 되물었다.

"그렇다네. 청부."

"십이천문은 무림맹의 청부는 받지 않을 겁니다."

나왕이 단호하게 말했다.

그건 청부자가 명안 이조라 해도 마찬가지였다. 현재 십이천문은 무림맹의 일에 관여할 여력이 없었다. 신화밀교를 추적하는 것도 힘거운 상황이었다.

아니, 설혹 여유가 있다 해도 십이천문의 성격상 무림맹의 일에 관여할 이유가 없었다. 과거 십이지방이 그러했듯 십이천문은 청부로 부(富)를 얻으려는 문파가 아니었기 때문이다.

무림맹의 일에 관여하면 무림의 일에 깊게 빠져들 수밖에 없을 테고, 그렇게 되면 혈월야의 비밀을 푸는 것은 고사하고 십이천문의 고수들의 생명조차 위험해질 수 있었다. 불사 나왕으로서는 당연히 받을 수 없는 청부였다.

그런데 귀산 왕전의 다음 말이 나왕으로 하여금 고민을 할 수밖에 없도록 만들었다.

"그게… 전신극(戰神戟)이라도 마찬가지인가?"

귀산 왕전의 말이 채 끝나기도 전에 불사 나왕의 눈이 번쩍였다.

"전신극! 설마 천마 파융의 그 전신극을 말하는 겁니까?"

"세상에 전신극이라 불리는 창이 그것 말고 더 있던가."

귀산 왕전이 당연한 것을 묻는다는 듯 말했다.

"그게 왜 지금……?"

불사 나왕이 이해할 수 없다는 표정으로 중얼거렸다.

"자네도 알다시피 천마 파융의 구중천을 멸절시킨 천산대전 때 파융은 전신극을 들고 있지 않았네. 만약 그의 손에 전신극이 들려 있었다면 구중천을 멸망시킬 수는 있어도 그를 죽일 수는 없었을 걸세."

"그렇지요."

불사 나왕이 고개를 끄떡였다.

천마 파융이 누군가. 그는 칠마 십육마문의 난에 출현했던 마인들 중 가장 강한 무공을 지닌 자로 공인된 인물이었다.

물론 칠마의 난을 실질적으로 주도한 자는 칠마 중 유일하게 생사가 불명한 혼마 창이었지만, 오직 무공만으로 보자면 혼마 창조차도 천마 파융을 따라갈 수 없었다.

그 천마 파융에게 마중제일인이라는 명예를 안겨준 병기가 바로 전신극이었다.

혹자는 상고시대의 전설인 치우천왕이 사용하던 창이라고 해서 치우의 창이라고 부르는 전신극은 천마 파융을 상징하는 병기였다.

그의 손에 전신극이 있는 한 무림의 그 누구도 그를 죽일 수 없고, 무림의 그 누구도 그의 손길 아래서 살아남을 수 없다고 말해질 정도로 전신극은 무서운 병기였다.

천마 파융의 무공 절반이 전신극의 힘에서 비롯된다는 것은 결코 과장된 평가가 아니었던 것이다.

그런데 무림맹의 정예들이 천마 파융과 그의 문파 구중천을 토벌하러 천산의 구중천을 급습했을 때 그의 손에는 전신극이 없었다.

그가 왜 당시 전신극을 들고 있지 않았는지는 오늘날까지도 무림의 수수께끼였다.

어쨌든 그의 손에 전신극이 없었기에 무림맹은 생각보다 수월하게 파융과 구중천을 제거할 수 있었다.

그리고 그가 죽음으로써 칠마의 난은 일대 변화를 맞이했다. 물론 파융의 죽음 이후로도 칠마의 남은 자들이 여러 곳에서 준동했으나 천마 파융의 죽음이 마도 무리에게 준 충격이 워낙 커서 이후의 싸움은 그저 형식적인 반발에 지나지 않았다.

그런데 바로 그 전신극이 지금 뜬금없이 귀산 왕전의 입에 등장한 것이다.

"전신극이 나타났습니까?"

청부의 수락 여부를 떠나서 전신극의 등장은 불사 나왕도 관심을 갖지 않을 수 없었다.

"그 비슷한 창이 나타난 것 같네."

"전신극으로 확인된 것은 아니군요?"

"아직은… 그리고 그것이 바로 우리가 십이천문에 부탁하려는 청부일세. 그게 정말 전신극인지 아닌지 확인하는 것이……."

귀산 왕전이 말했다.

"내막을 말씀해 보시지요."

불사 나왕이 말했다.

그러자 이번에는 귀산 왕전이 아니라 명안 이조가 입을 열었다.

"사실 이 이야기는 아직 무림맹의 수뇌들이나 구패 등 각 파에 알려지지 않은 이야기일세. 전신극으로 의심되는 창이 출현했다는 소식이 강호에 알려지면 당장 피바람이 불 테니까. 전신극의 최후의 주인이 천마 파옹이었지만 그 창은 역사적으로 정사 양도의 절대고수들이 번갈아 가며 소유했던 병기가 아닌가."

명안 이조의 말에 불사 나왕이 고개를 끄떡였다.

본래 전신극이라 불리는 치우의 창은 한 가문이나 문파의 소유물이 아니었다.

전신극은 무림사에 등장할 때마다 그 주인이 변했다.

어떤 때는 정파의 일대 협사 손에 들려 사마의 무리를 주살했고, 또 어느 시대에는 천인공노할 마인의 손에 들어가 세상을 피로 물들이기도 했다.

그래서 일단 강호에 전신극이 나타나면 정사양도를 막론하고 전신극을 차지하기 위해 한바탕 혈겁이 일어나곤 했다. 이번에도 전신극이 출현했다는 소식이 강호에 전해지면 무림이 일대 혼란에 빠질 것은 분명한 일이었다.

무림의 성인으로 추앙받는 명안 이조가 충분히 걱정할 만한 일인 것이다.

"그럼 명안께서는 이 소식을 어찌 들으신 겁니까?"

불사 나왕이 물었다.

"음… 사실은 운중학께서 은밀히 소식을 전해오셨네. 운중학께서는 지금 서역을 여행 중이신데 서역으로 가던 중 천산 인근에서 어떤 자가 기다란 쇠막대로 벼락을 만든다는 소문을 들었다는군. 물론 그냥 지나칠 수도 있었지만 알다시피 전신극의 특징이 창으로 우레를 만들 수 있다는 것 아닌가. 그래서 바쁜 와중에 잠시 시간을 내 그 쇠막대를 다룬다는 자의 흔적을 찾아봤다고 하네. 하지만 결국 소문의 주인은 만나지 못했다네."

운중학이라는 별호가 나왔을 때부터 불사 나왕은 다시 한번 놀라고 있었다. 운중학은 무림오선 중 일인으로 곤이라는 외자의 이름을 사용하는 신비인이었다.

마도 제일의 신비인이라는 혼마 창과 더불어 무림쌍비(武林雙祕)라 불리기도 하는 인물로 하늘과 땅의 이치를 통달했다고 알려진 천재였다.

결국 전신극이라는 창 한 자루에 대한 소식을 세 명의 무림오선이 불사 나왕에게 가져온 꼴이었다.

하지만 운중학 곤이 찾지 못했다면 벼락을 일으키는 창을 쓴다는 자에 대한 소문은 헛소문일 가능성이 컸다.

"운중학께서도 찾지 못하셨다면 헛소문 아니겠습니까?"

불사 나왕이 물었다.

그러자 명안 이조가 고개를 저었다.

"그게 그렇지가 않네. 운중학께서는 서역으로 가는 일정을 더 이상 늦출 수가 없어서 중도에 천산을 떠났을 뿐, 조사를 하는 중에는 분명 전신극을 취한 자가 나타났다고 확신했다 전해오셨네. 그래서 나에게 이 일을 은밀히 조사해 달라는 부탁을 하게 된 것이고… 무림에 평지풍파가 일기 전에. 혹은… 구중천의 부활이라면 그 또한 위험한 일이고……."

명안 이조가 어두운 낯빛으로 말했다.

"전신극에 대한 조사를 뒤로 미룰 정도면 운중학께서도 서역에 무척 급한 일이 있으셨나 보군요."

불사 나왕의 의문스러운 표정으로 말했다.

단순히 여행이라면 운중학 곤 같은 사람이 전신극의 출현을 두고 여행을 떠날 리 없기 때문이다.

"그야 나도 알 수 없는 일이지. 운중학의 일은 오직 운중학만이 안다, 라는 말도 있지 않은가."

그만큼 운중학 곤이 신비스러운 인물이란 의미에서 떠도는 말이었다.

"그렇기는 하지요. 그런데… 왜 하필 저를 찾아오셨습니까? 이 일은… 무림맹에서 극비로 조사할 수도 있는 일 아닙니까?"

"무림맹에서 조사에 들어가는 순간 무림구패의 귀에도 이 소식이 들어간다는 것을 자네도 알고 있지 않은가?"

귀산 왕전이 말했다.

틀린 말이 아니다. 무림맹이 비록 천하무림을 대표하고 있지만 결국 구패의 손안에 있는 조직이었다. 무림맹에서 일어나는 모든 일은 그 즉시 천하구패의 귀에 들어가게 마련이었다.

"그렇다고 해도 왜……?"

여전히 갓 만들어진 십이천문을 찾아온 것이 쉽게 이해되지 않는 불사 나왕이었다.

그러자 명안 이조가 심각한 표정으로 말했다.

"십이천문이 과거 무림의 기인들이 식구를 이뤘던 십이지방의 후신이 맞는가?"

순간 나왕이 잠시 당황했지만 이내 부인하지 않고 대답했다.

"…짐작하신 대로……."

꺼려지는 대답이지만 명안 이조의 밝은 눈을 피할 수 없다는 길 누구보다 잘 알고 있는 불사 나왕이 순순히 수긍했다.

그러자 이조가 가볍게 고개를 끄떡이다가 문득 고개를 돌려 접객청의 문 쪽을 바라보며 말했다.

"괜찮으시다면 십이지방의 영웅분을 직접 뵐 수 있겠소이까?"

순간 나왕이 나직하게 탄식을 흘렸다.

역시 무림오선은 무림오선이다. 그중에서도 가장 뛰어나다는 명안 이조 아닌가. 그는 이미 문밖에 자왕 사송과 유왕 서리가 있다는 것을 알아챈 것이다.

명안 이조의 청을 들은 자왕과 유왕은 한동안 침묵을 지켰다. 그러다가 결국 접객청의 문을 열었다.

자왕 사송과 유왕 서리가 긴장한 표정으로 접객청으로 들어오자 나왕이 조금 불편한 표정으로 이조에게 말했다.

"굳이 이 사람들까지 부르실 필요는……."

비록 명안 이조가 강호제일의 기인으로 인정받고, 나왕 역시 그에 대해 존경의 마음이 없는 것은 아니지만, 그렇다고 나왕을 무시할 수 있는 사람은 아니었다.

솔직히 말하자면 무공으로서는 명안 이조에게 조금도 양보할 생각이 없는 나왕이었다.

"불쾌했다면 미안하이."

나왕의 기분을 알아챈 명안 이조가 부드러운 미소를 지으며 사과를 했다.

그러자 나왕이 정색을 하며 말했다.

"이곳은 십이지방이 아니고 십이천문입니다. 물론 십이지방과 인연이 이어져 있지만 그래도 십이천문은 십이지방과는 다른 문파지요. 외람되지만 저 불사 나왕이 있는 문파기도 합니다만."

"알겠네. 자네를 존중하지 않아서 이 두 분을 부른 것이 아니네. 다만… 이번 청부가 이 두 분과 관련이 있기에 모신 것이네."

명안 이조가 차분하게 자신의 입장을 밝혔다.

"전신극이 이분들과 관련이 있다고요?"

나왕이 의아한 표정으로 물었다.

그러자 명안 이조가 고개를 끄떡이며 어느새 접객청으로 들어온 자왕 사송과 유왕 서리를 보고 물었다.

"그렇지 않소이까? 두 분?"

명안 이조가 묻자 자왕 사송이 굳은 표정으로 말했다.

"맞습니다. 전신극이라면… 우리와 연관이 없다고 할 수 없지요."

"대체 무슨 관계가 있다는 것이오?"

불사 나왕이 궁금한 듯 물었다.

그러자 자왕 사송이 대답했다.

"자세한 것은 나중에 말씀드리겠소이다. 다만 십이지방이 칠마의 난 당시 무림맹으로부터 부탁받았던 일 중 전신극과 관련된 일이 있었소이다. 아마… 가장 나중에 한 일들이었을 것이오."

"음……."

"이 청부에 대한 수락 여부는 미안하지만 불사가 아닌 두 분께 물어 결정해야 할 것 같소이다만……."

명안 이조가 불사 나왕을 제쳐두고 자왕과 유왕 서리에게 말했다.

그러자 자왕 사송이 단호하게 고개를 저었다.

"그렇지 않습니다. 비록 이 일이 과거 십이지방과 관련된 일일지라도 현재 십이천문의 모든 행보는 불사께서 결정하고 계십니다. 그러니 우릴 설득하는 일은 그리 중요한 것이 아닙니다."

신화밀교와 격돌할 때부터 십이천문의 대소사는 불사 나왕의 결정에 따르고 있었다.

신화밀교란 거대한 상대와 싸우기 위해서 불사 나왕이 전면에 나설 수밖에 없음을, 그리고 사실은 그것이 스스로를 희생하는 일임을 누구보다 잘 알고 있는 자왕 사송과 유왕 서리였다.

그래서 그것이 비록 과거 십이지방과 관련된 일일지라도 십이천문의 행보는 불사 나왕이 결정해야 한다고 생각하는 두 사람이었다.

그런 사송의 반응이 의외였던지 귀산 왕전이 나왕에게 물었다.

"정말 온전히 십이천문의 사람이 되었는가?"

"그건 또 무슨 말씀이십니까?"

나왕이 뜬금없다는 듯 되물었다.

"아니, 난 잠시 몸만 의탁하고 있는 건 줄 알고 있었어……."

"아직도 날 모르십니까?"

나왕이 퉁명하게 면박을 줬다. 아마도 천하에서 귀산 왕전을 면박 줄 수 있는 사람은 오직 나왕뿐일 것이다.

"아, 뭐… 자네가 행보를 정하는데 신중하다는 것은 알고 있지만… 그래도……."

"그래도 청부 일이나 하면서 살 거라고는 생각지 않았다는 거지요?"

"허험……."

귀산 왕전이 마치 자신의 속을 들여다보기라도 한 듯한 나왕의 말에 헛기침을 했다.

그러자 나왕이 차분하게 말했다.

"과거 십이지방이 단순한 청부문이 아니었듯이, 십이천문도 청부업을 하기 위해 만들어진 문파는 아닙니다. 십이천문은…

그저 작은 성이라고 보면 될 겁니다."

"성(城)?"

"그렇습니다. 이 성에 들어온 사람은 천하의 그 누구도 감히 함부로 대할 수 없는 그런 성 말이지요. 본 문에 대한 이야기는 이쯤 하고, 이 청부에 대해 좀 더 이야기해 보지요."

불사 나왕이 귀산 왕전에게서 시선을 돌려 명안 이조를 바라 봤다.

그러자 명안 이조가 바로 입을 열었다.

"그러세. 십이천문의 행보를 결정하는 사람이 불사라면 당연 히 불사를 설득해야겠지. 과거 십이지방은 은밀하게 무림맹의 청 부 몇 가지를 수행했네."

"그건 알고 있습니다."

나왕이 대답했다.

"그중에는 앞서 말했지만 전신극에 관한 일이 있었는데, 구중 천과 천마 파융을 섬멸한 천산대전 바로 직전에 아주 어려운 일 을 해냈지. 천마 파융의 전신극을 빼돌리는 일이었네."

"허!"

나왕이 놀란 눈으로 자왕 사송을 바라봤다. 전신극에 대한 십이지방의 과거 이야기를 뒤로 미룰 일이 아니라는 표정이다.

나왕의 눈빛에 자왕 사송이 머리를 긁적이며 말했다.

"뭐… 그런 일이 있었소이다. 본래 천마 파융은 평소에 전신극 을 소지하고 있지 않았소이다. 물론 불사께서도 알고 계시겠 지만… 그 역시 전신극이 만인이 탐내는 신병이라는 것을 알아 서 평소에는 구중천 깊은 곳에 전신극을 보관해 두었지요. 우리 십이지방의 형제들은 바로 그곳까지 뚫고 들어가 전신극을 빼내는 일을 맡았소. 물론 시간이 무척 중요했소이다. 무림맹이 구중천을 기습하기 바로 직전에 빼내야 했으니까 말이오."

자왕 사송이 당시의 일이 떠올랐는지 자신도 모르게 긴장하며 말했다.

"그래서 성공했다는 거요?"

천산대전에서 파융이 전신극을 들고 있지 않았으니 결국 성공했다는 의미다.

그런데 그렇다면 전신극의 행방을 모를 리 없었다. 하지만 그는 지금 전신극의 행방을 전혀 모르고 있는 모습이었다. 그러니 의문이 생기지 않을 수 없었다.

"반만… 반만 성공했다고 할 수 있소. 천마 파융이 전신극을 들고 싸우지 못하게는 했지만 전신극을 손에 넣지는 못했으니까."

"전신극 같은 창을 잃어버렸을 리는 없고……?"

나왕이 더 할 말이 있지 않느냐는 듯 자왕 사송을 바라봤다.

"당시 그 일에는 우리 십이지방의 형제들 거의 전원이 투입되었소. 물론 길을 뚫는 것은 내 몫이었고, 여러 형제들이 전신극을 지키는 구중천의 고수들과 싸우는 사이에 신왕 대형께서 전신극을 손에 넣는 데 성공하셨소. 그런데 탈출하는 와중에 구중천 마인들의 추격이 너무 맹렬해서 그만 전신극을 가지고 있던 대형께서 천산의 깊은 협곡에 빠지고 마셨소. 한순간 우린 신왕형님께서 죽었다고 생각했었는데, 기적적으로 대형께서는 협곡에서 살아 올라오셨고 다만 전신극은 잃어버리고 말았소이다."

"음……."

자왕 사송의 말을 들은 나왕이 나직하게 침음성을 흘리며 고개를 끄떡였다.

대충 일이 어떻게 진행되었는지 이 정도 설명만 들어도 머릿속에 그려졌다.

그러나 머리로 이해하는 것과 가슴의 느낌은 조금 달랐다. 전신극을 잃어버렸다는 말이 쉽게 마음으로 받아들여지지 않았다. 그렇다고 그 일을 자왕 사송에게 따질 수도 없었다.

"그런데 그 전신극이 다시 나타난 걸세."

귀산 왕전이 부탁한다는 말투로 나왕에게 말했다.

그러자 나왕이 냉정하게 말했다.

"그렇다고 해도 반드시 십이천문이 전신극을 찾아 나서야 한다는 말은 억지 같습니다만. 지금 강호에는 본 문보다 세력이 월등한 청부문들이 많지 않습니까? 설마 과거에 십이지방이 전신극을 잃어버린 것에 대한 책임을 추궁하는 것은 아닐 테지요?"

"그야 당연한 일이네. 사실 그때 무림맹에서는 십이지방의 고수들이 전신극을 빼내 오는 일 자체도 불가능하다고 생각했었네."

그러자 나왕의 표정이 변했다.

"마치 신응조를 사지로 보낸 것과 비슷한 일이었군요."

"음… 신응조의 운영에 대한 자네의 불만은 여전하군."

"잊을 수 없는 일이지요. 아무튼 책임을 묻는 것이 아니라면 본 문이 전신극을 찾는 일에 관여해야 하는 이유를 말해주십시오."

나왕이 귀산 왕전과 명안 이조를 번갈아 보며 말했다.

그러자 명안 이조가 지금까지와 달리 진지한 표정으로 말했다.

"첫째 이유는 내가 여기 십이지방의 생존자인 두 사람과 불사 그대의 능력을 누구보다 잘 알고 있기 때문이네. 이 두 분이라면 반드시 천산에서 전신극의 소유자를 추격해 낼 걸세. 그리고 불사 자네가 함께한다면 전신극을 손에 넣을 수도 있겠지."

"우리 능력을 과신하는군요. 만약 전신극을 가진 자가 구중천의 후예라면 우린 절대 살아 돌아오지 못할 겁니다. 섬멸되었다고는 해도 구중천의 후예를 자처하는 자들이 남아 있을 테니 말입니다."

"그야 그렇지. 우리도 천산 근처까지는 이동해 있을 걸세."

귀산 왕전이 말했다.

"우리라면 무림맹 말입니까?"

"음… 나와 몇몇 신응조의 형제들이라고 말해두지."

왕전이 대답했다.

그러자 나왕이 물끄러미 왕전을 바라보다 다시 물었다.

"두 번째 이유는 뭡니까?"

"두 번째 이유는… 이 청부를 수락했을 때 내가 제공할 청부의 대가가 적지 않다는 것이네."

명안 이조가 왕전을 대신해 말했다.

"금자라면 저희도 부족하지 않습니다. 더군다나 본 문이 금자를 추구하는 것도 아니고……."

"내가 제공할 청부의 대가는 금자가 아닐세."

"그럼……?"

금자가 아닌 청부의 대가라면 특별할 수밖에 없다. 나왕의 표정에 자연스레 호기심이 어렸다.

"혈월야!"

"음!"

"허!"

명안 이조의 입에서 혈월야라는 말이 나오는 순간 자왕과 나왕이 동시에 침음성과 탄식을 흘렸다.

"설마 혈월야의 비밀을 알고 계신 건가요?"

유왕 서리가 화가 난 듯한 표정으로 물었다. 지난 십수 년의 세월 동안 자왕 사송과 유왕 서리의 삶의 목표는 오직 혈월야의 비밀을 알아내는 것이었다.

그리고 명안 이조라면 두 사람이 그런 삶을 살고 있다는 것을 분명히 알고 있었을 것이다. 명안 이조가 누군가. 천하무림에서 벌어지는 아주 사소한 일까지 모두 알고 있는 사람이었다.

그런 사람이 십이지방의 두 생존자가 뭘 하고 있을지 모를 리 없었다.

혹시라도 그가 혈월야에 대해 뭔가를 알아냈다면 두 사람에게 그 사실을 알려줬어야 한다. 그가 자왕과 유왕 두 사람과 특별한 친분이 없다고 해도 그에게는 그래야 할 의무가 있다고 할 수 있었다.

왜냐하면 칠마의 난 당시 십이지방이 무림맹을 위해 한 일이 있기 때문이다.

실질적으로 무림맹 결성을 주도했던 명안 이조다. 그런 사람이 무림맹에 대한 십이지방의 도움을 외면할 수는 없는 일이었다.

그런데 지금 명안 이조는 혈월야에 대한 단서를 가지고 십이지방의 후예들과 거래를 하려 하고 있었다.

이건 사실 소문의 그답지 않은 행동이고, 자왕 사송과 유왕 서리에 대한 모욕 같은 일이기도 했다.

"음… 최근 들어 알게 된 일이 있소."

명안 이조 역시 유왕 서리가 무슨 생각을 하고 있는지 짐작한 듯 신중하게 입을 열었다.

"알게 되신 그 일을 가지고 저희와 거래를 하시려는 건가요?"

유왕 서리가 다시 물었다.

"거래를 하자는 것은 아니오. 이 일을 맡지 않아도 내가 알게 된 사실을 말해 드릴 거요. 다만, 내가 알고 있는 사실을 확인하려면 이 일을 맡는 것이 가장 좋은 방법이라는 뜻으로 한 말이오."

명안 이조가 흥분한 유왕 서리를 달래듯 담담하게 말했다.

그러자 자왕 사송이 물었다.

"대체 무슨 사실을 알아내셨기에 이 청부와 연관이 있다는 겁니까?"

그런데 마음 급한 사송의 질문에 명안 이조가 쉽사리 입을 열지 않았다.

그런 그를 더 이상 재촉할 수는 없어서 자왕 사송은 그저 그의 입을 뚫어지게 주시했다.

그러자 명안 이조가 꽤 오랜 침묵 끝에 입을 열었다. 그런데 그의 말이 엉뚱했다.

"혈월야의 밤, 십이지방 식구들의 시신은 모두 수습하셨소?"

"그야… 아니, 갑자기 그건 왜……?"

"먼저 그걸 확인하고 싶구려."

명안 이조가 자왕 사송의 대답이 있어야 그가 듣고 싶은 말을 해줄 거라는 듯 다시 물었다.

"물론 당시… 모든 형제들의 시신을 수습했지요. 다만… 신왕 대형의 경우 팔 하나만 발견했는데, 강변에서 발견된 것으로 보아… 시신이 강물에 흘러내려 갔을 것으로 생각했습니다. 무슨 문제가 있습니까?"

자왕 사송이 적월의 생존은 뒤로 숨기며 말했다. 굳이 적월의 생존을 이야기할 필요는 없다고 생각하는 듯했다.

사송의 말에 명안 이조가 다시 망설이는 듯하다가 결국 입을 열었다.

"전신극으로 추정되는 괴인을 추적하던 운중학께서 그자의 무공에 대해 조사할수록 한 사람의 무공이 떠오른다고 전해왔소. 그게 바로……."

명안 이조는 더 이상 말을 하지 않았다.

"설마 신왕 대형의 무공이라고 말씀하시는 겁니까?"

"본래 신왕께서는 창의 고수지 않았소이까?"

사송이 깜짝 놀라 묻자 귀산 왕전이 되물었다.

"그렇다고 한들 신왕 대형의 창술은 일반 창술과 많이 다른 것이었소. 신왕 대형께서는 짧은 단창 두 개를 쌍으로 사용하셨소. 그래서 보통의 창술과는 전혀 다른 성질의 창술을 가지고 계셨고. 그런 신왕 형님의 창술이 어찌……?"

"그 파천뢰 말이오. 하늘을 가른다는 강력한 내공의 창술……."

"설마 파천뢰를 썼단 말이오? 그 괴인이?"

"아주 흡사하다는 전언이었소."

명안 이조가 굳은 표정으로 대답했다.

그러자 침묵하던 불사 나왕이 입을 열었다.

"우연의 일치일 수도 있습니다. 본래 전설에 따르면 치우의 창 전신극은 하늘의 벼락을 불러내는 위력이 있다고 알려졌습니다. 그러니까 꼭 신왕께서 일으키는 파천뢰가 아니더라도 벼락이 치는 듯한 위력을 발휘할 수 있지 않습니까?"

"그렇지요, 그렇지요. 당연히 그럴 수도 있지요."

자왕 사송이 얼른 고개를 끄떡였다.

갑작스레 튀어나온 십이지방의 대형 신왕 학사검 종선의 무공 흔적에 큰 충격을 받은 듯한 그는 그럴 리 없다는 듯 나왕의 말을 거들었다.

그러자 명안 이조가 차분한 목소리로 말했다.

"그래서 하는 말이오. 그걸 한번 확인해 보라는 것이오. 이번 청부를 통해서……."

명안 이조의 말을 들으며 불사 나왕은 자신들이 절대 이 청부를 거절할 수 없다는 것을 인정할 수밖에 없었다.

제2장
사왕 조비

"그는 믿을 수 있습니까?"

야마 다른 사람이 이런 질문을 했다면 그는 바보 취급을 당했을 것이다. 그러나 조비의 입에서 이 질문이 나오자 사람들은 정말 명안 이조가 믿을 수 있는 사람인지에 대한 의문이 생겼다.

조비가 십이천문의 사람들보다 특별하게 뛰어난 혜안을 가지고 있어서가 아니었다.

다만 조비는 명안 이조라는 이름값에 얽매이지 않는 객관적인 눈으로 그를 볼 수 있는 사람이기 때문이었다.

신화밀교의 배신자이기는 해도, 신화밀교의 교도로 사는 동안 가지고 있던 세상의 권력자들에 대한 본능적인 경계심을 여전히 지니고 있는 조비였다.

"그러게. 과연 그는 믿을 수 있을까?"

자왕 사송이 고개를 갸웃했다.

"명안까지 의심해야 한다면… 천하에 믿을 사람이 없는 거죠."

유왕 서리가 한숨을 쉬며 말했다.

"본래 검은 머리 짐승은 믿을 게 못 되는 법이지."

자왕 사송이 어두운 표정으로 말했다.

"그렇다 한들 아니 갈 수도 없는 일 아니오?"

불사 나왕이 사송과 서리를 보며 물었다.

그의 말대로 죽은 신왕 학사검 종선의 무공을 사용하는 자가 있다면 가보지 않을 수 없었다.

그가 신왕의 무공을 비밀리에 전수받은 숨겨진 전인이든, 혹은 신왕의 무공이 탈취당한 것이든 어쨌든 사실을 확인해야 할 필요가 있었다. 아니면 정말 신왕이 살아 있을 수도 있었다. 물론 그 가능성은 극히 희박하지만.

"물론 가긴 가야 하오만."

자왕 사송이 굳은 표정으로 말했다. 누구도 천산으로 가는 길을 막을 수 없다는 표정이다.

"함정이라면 너무 위험해요."

서리가 걱정스러운 표정으로 말했다.

"무슨 함정?"

"어떤 함정이든지요. 무림맹을 끌어들이기 위한 함정이든… 아니면 우릴 노린 함정이든."

"우릴 노린다라… 그건 곧 명안 이조가 혈월야와 연관이 있다고 의심하는 것인데……."

자왕 사송이 차마 그렇게까지 생각하고 싶지는 않다는 표정으로 말꼬리를 흐렸다.

"어쨌든 가봅시다. 하지만 이번에는 모두 함께 갈 수는 없을 것 같소. 이곳에서 신화밀교의 흔적을 추적하는 일을 할 사람도 있어야 하니."

나왕이 말했다.

"내가 천산에 다녀오겠소."

자왕 사송이 절대 양보할 수 없다는 듯 먼저 나섰다.

그러자 불사 나왕이 고개를 끄떡였다.

"당연히 자왕께서는 꼭 가셔야 하는 일이오. 그럼 이곳은 유왕께서 맡아주시겠소이까?"

나왕이 유왕 서리에게 물었다.

"그러죠."

"이곳에 남아 유왕을 좀 도와주시겠나?"

나왕이 이번에는 조비를 보며 말했다.

조비의 현재 위치는 애매한 구석이 있었다. 그는 십이천문의 사람이 아니었지만, 신화밀교 합비 신터가 불타 사라진 후 줄곧 십이천문 사람들과 함께했다.

보통이라면 당연히 십이천문 사람들과 헤어져 자신의 길을 찾아 떠나야 할 사람이었지만 신화밀교의 흔적을 추격해야 한다는 양쪽의 같은 목표가 조비를 반년 가까이 십이천문에 묶어두고 있었던 것이다.

그리고 그 세월 동안 시간의 힘이 발휘됐다.

조비는 어느새 자연스럽게 십이천문의 문도처럼 행동하고 있었고, 또 십이천문의 문도들로부터 그렇게 대접받고 있었다.

그래서 지금 이 중요한 자리에도 자연스럽게 함께하고 있었던 것이다.

그 때문일까. 나왕의 이번 부탁 역시 자연스러웠다.

"절… 믿으십니까?"

조비의 표정은 묘했다. 자연스러운 나왕의 부탁에 감복한 듯도 하고, 조금은 걱정스러워 보이기도 했다.

"믿으니까 이런 부탁을 하는 것 아니겠나?"

"하지만……."

"조 대협은 우리를 믿지 못하시나?"

나왕이 되물었다.

그러자 조비가 얼른 고개를 저었다.

"아닙니다. 함께 지낸 시간이 얼만데… 당연히 십이천문 식구들을 믿지요. 다만… 한 가지 묻고 싶습니다."

"무엇이든 물어보시게."

나왕이 고개를 끄떡였다.

"그럼 절 정식으로 십이천문의 식구로 받아주시는 겁니까?"

그동안 그저 묵시적으로 인정했던 사실을 조비가 정식으로 입에 올렸다.

그러자 나왕이 자왕과 유왕 서리를 보며 물었다.

"두 분은 어찌 생각하시오."

"우리야 뭐… 조 대협이 식구가 되어주신다면 반가운 일이지요."

유왕 서리가 먼저 대답했다.

"나도 기쁘게 환영할 수 있네."

자왕 사송이 미소를 지으며 조비를 바라봤다.

그러자 조비가 감격스러운 표정으로 입을 열었다.

"저는 십이천문의 적이랄 수 있는 신화밀교 출신이고 성정도 그리 유연하지 못한 편인데, 이렇게 환대를 해주시는 이유를 잘 모르겠군요. 물론 너무 고마운 일입니다만……."

조비가 말하자 유왕 서리가 고개를 저었다.

"그건 조 대협이 자신을 잘 몰라서 하는 말이에요. 사람은 백 마디 말보다는 한 번의 행동으로 본성을 드러내죠. 우린 그동안 조 대협이 보여준 모습들을 보고 조 대협을 신뢰하게 된 거예요."

"형님! 저도 형님을 한 식구로 모실 수 있어서 기쁩니다."

적월도 가볍게 포권을 해 보이며 말했다.

그러자 공예가 장난기 가득한 표정으로 말했다.

"아이, 난 참 고민이네."

"뭐가? 동생은 비 형님이 십이천문의 식구가 되는 게 싫은 거야? 난 네가 비 형님을 좋아하는 줄 알았는데?"

적월이 의아한 표정으로 물었다.

그러자 공예가 얼른 고개를 저었다.

"아뇨. 나도 물론 기쁘죠. 다만 제 고민은 조 대협님을 어찌 불러야 하나 하는 거예요. 비 오라버니? 아니면 비 아저씨? 어느 쪽으로 불러야 하죠?"

생각해 보면 조비의 나이가 아직 사십 전이니 호칭이 애매하기는 했다. 하지만 공예의 고민은 조비가 금세 해결해 줬다.

"난 아직은 아저씨 소리를 듣고 싶지는 않은데?"

"그럼 뭐, 오라버니로 불러 드리죠. 조금 나이가 많은 오라버니지만……."

공예가 인심 쓰듯 말했다. 그런 공예의 행동에 사람들이 동시에 웃음을 터뜨렸다.

웃음이 잦아들자 자왕 사송이 조비에게 물었다.

"그럼 난 조 대협을 이제부턴 아우로 부르겠네."

"말씀 낮추십시오."

조비가 공손하게 대답했다.

"허험, 그럼 그럴까? 아무튼 아우, 내 항상 궁금했는데 혹 아우는 별호가 있나?"

"별호요?"

"응, 본래 강호에서 활동하는 사람들은 누구나 별호가 있지 않은가. 여기 불사 대협처럼……."

"신화밀교의 사신들은 달리 별호를 갖지 않았지요. 전 그냥 사신삼대의 대주로 불렸습니다."

조비가 대답했다.

"음… 그럼 이번 기회에 별호를 하나 갖도록 하게. 아무래도 무림에서 활동하자면 그럴싸한 별호가 필요하니까."

"아니, 그게 뭐 급한 일이라고 갑자기 별호 이야기예요?"

유왕 서리가 의아한 표정으로 자왕 사송을 보며 물었다.

"음… 사실은 비 아우를 본 문에 들이고 싶다는 생각을 할 때부터 생각해 둔 별호가 있어서. 마침 우리 식구가 되었으니 이참에 그 별호를 줄까 하고."

"뭔데요?"

유왕 서리에 앞서 공예가 물었다.

"사왕(蛇王)!"

"아!"

사송의 대답에 유왕 서리가 나직하게 탄성을 자아냈다.

"징그럽게 왜 뱀의 왕이에요?"

어린 공예는 사왕이라는 별호가 마음에 들지 않는 모양이었다. 하긴 보통 사람들은 뱀이라는 동물에 대해 본능적인 거부감을 갖게 마련이다.

"뱀이라는 동물은 선입견을 빼고 보면 무척 신령스러운 동물이란다. 더군다나… 과거 십이지방에서 사왕이셨던 동택 오라버니의 기억 때문이기도 하고… 그래서죠?"

유왕 서리가 자왕 사송에게 물었다.

"음, 아우가 어찌 생각할지 모르겠지만, 혈월야 때 목숨을 잃은 십이지방의 형제들 중 동택이라는 사람이 있었네. 십이지방에서 사왕으로 불렸던 아우인데 신묘한 비도술을 지니고 있었지. 살아 있는 동안 동택 아우의 비도술을 피하는 자를 보지 못했을 정도니까. 또한 아우처럼 무척 조용한 성격을 가지고 있기도 했고. 두 사람이 너무 비슷해서 사왕의 자리를 아우가 이었으면 했다네. 뭐, 과거의 사람이 쓰던 별호라 꺼려진다면 아니 사용해도 되네."

사송이 조비를 보며 말했다.

그러자 조비가 얼른 고개를 저었다.

"아닙니다. 십이천문의 내력을 아는데 과거 십이지방의 영웅이셨던 분의 별호를 쓸 수 있다면 저야 영광이지요. 온전히 십이천문의 사람이 된 것 같기도 하고……."

"그리 생각해 주면 고마운 일이고."

자왕 사송이 만족한 듯 고개를 끄떡였다.

"그럼 우리 오늘 잔치를 해요."

갑자기 공예가 말했다.

"잔치?"

"네, 잔치요. 비 오라버니의 입문을 축하해야죠."

적월이 되묻자 공예가 대답했다.

"아니, 잔치는 무슨……."

조비가 그답지 않게 쑥스러운 표정을 지으며 손을 저었다.

"아니야. 예 말이 맞아. 정식으로 새로운 문도가 들어왔는데 잔치를 안 할 수는 없지."

사송이 고개를 끄덕이며 공예의 의견에 맞장구를 쳤다.

그러자 유왕 서리가 눈을 흘기며 말했다.

"한동안 안 마셨더니 죽겠죠?"

"흐흐, 역시 동생이야. 내 속을 모두 들여다보고 있으니. 그러니까 좋은 술로 부탁 좀 하자고."

사송이 능청스럽게 대답했다.

"술은 오라버니가 사 와요. 난 음식을 준비할 테니."

"뭐, 그것도 좋고!"

사송이 순순히 서리의 말에 동의했다.

십이천문에 즐거운 하룻밤의 시간이 찾아왔다.

한동안 신화밀교의 꼬리를 찾느라 분주했고, 갑자기 명안 이조로부터 기이한 청부를 받아 우울했던 십이천문의 장원에 오랜만에 웃음꽃이 폈다.

사람을 잃은 슬픔은 사람으로 치유된다는 말처럼, 새로운 문도 조비를 받아들인 것이 혈월야로 형제들을 잃은 상처를 치유하는 계기도 되는 모양이었다.

그렇게 즐거운 하룻밤이 지나고 다시 며칠이 흐른 뒤, 불사 나왕과 적월, 그리고 자왕 사송이 십이천문을 떠나 먼 여행을 시작했다.

목적지는 십이지방의 대형이었던 신왕 학사검 종선의 무공을 사용하고, 전설적인 기병인 치우의 창, 전신극을 사용하는 정체불명의 고수가 있다는 천산이었다.

"정말 전신극일까요? 그리고 정말 신왕이 살아 있을까요?"

나왕 등 삼 인이 새벽처럼 길을 떠나는 것을 십이천문의 장원 인근에서 바라보는 사람이 있었다.

귀산 왕전과 명안 이조였다.

그들이 십이천문을 찾아 청부를 한 것이 벌써 삼 일 전, 그사이 그들은 돌아가지 않고 십이천문 근처에 머물고 있었던 모양이다.

"저들이 알아오지 않겠소? 그 사실을 알아보는 것이 가장 절실한 사람들이니까."

명안 이조가 담담하게 대답했다.

"후우… 오랜만에 신응조를 움직여야겠군요."

"귀산께서 수고하시구려."

"천산이라… 이름만 들어도 긴장이 되는군요."

"천마 파융과 구중천… 무서운 이름이기는 하오. 물론 이미 과거의 인물과 세력이지만."

명안 이조도 고개를 끄떡였다.

"만약 저 세 사람이 전신극을 손에 넣으면 어찌해야 할까요?"

귀산 왕전이 물었다.

그러자 명안 이조가 덤덤하게, 어쩌면 조금은 차갑게 대답했다.

"그야 누구보다 귀산께서 더 잘 아시지 않소이까?"

*　　　　*　　　　*

가끔은 구름이 산 아래 있었다.

같은 산임에도 위와 아래의 계절이 달랐다. 푸른 초원 위에 흰 백설의 지붕을 이고 있는 산들이 즐비하게 늘어선 곳으로 일단의 사람들이 말과 마차, 그리고 낙타를 끌고 이동하고 있었다.

천산으로 갈라진 두 세계, 동방과 서역을 왕래하는 대상들이다.

상단의 주변을 끊임없이 오가는 말 탄 자들의 모습을 보니 서역의 상인은 아니다.

차림새가 중원에서 서역으로 넘어갔다가 서역의 상인들과 거래를 한 후 다시 천산을 넘어오는 중원의 상인들이 분명했다.

한순간 바람이 불어 상단의 선두에 선 자가 들고 있는 깃발이

휘날렸다.

천룡표국(大龍鏢局).

휘날리는 깃발에 새겨진 글씨로 보아 상단은 한 가문의 상단이 아니라 여러 상인들의 물건을 맡아 운송하는 표국의 무리가 분명했다.

그래서인지 일행의 주위를 오가는 자들의 기세가 보통 상인들이 고용하는 무사들과 달리 삼엄하기 이를 데 없었다.

허리에 장검을 차고, 말에는 기습적인 마적들의 공격에 대비해 질긴 가죽으로 만든 마갑이 씌워져 있었다.

그러나 중원 상계의 사정을 아는 사람이라면 사실 그런 외양보다 깃발에 새겨진 글씨, 천룡표국이라는 이름 하나만으로도 이 표행의 무리가 함부로 근접할 수 없는 자들이란 것을 알 수 있었다.

천룡표국은 장안을 근거지로 활동하는 상계의 대표국이다. 난주와 둔황에 큰 분점을 두고 있어 장안에서 천산에 이르는 상로를 완벽하게 구축하고 있는 표국이었다.

이 상로에서는 그 누구도 천룡표국의 아성에 도전할 수 없었다. 구중천의 몰락 이후 천산 주변에 산재하게 된 마적들 역시 감히 천룡표국을 건드리지는 못했다.

덕분에 천룡표국의 부(富)는 날이 갈수록 커져가고 있었다. 혹자는 십 년 안에 천룡표국이 천하제일의 부자 가문이 될 거라고 말할 정도였다.

그런 천룡표국의 위엄은 천산의 높은 봉우리들 사이를 따라 이동하는 표행에서도 여실히 드러났다.

표행은 느리지도 빠르지도 않았으며, 도도한 표사들의 모습에선 어떤 적이라도 절대 이 표행을 가로막을 수 없다는 자신감이 묻어나고 있었다.

그리고 사실 지난 몇 년 동안 천룡표국의 표행을 건드린 마적들이 존재하지 않았다.

그런데 그런 표사들의 자부심을 흔드는 일이 벌어졌다.

"뭐지?"

선두에서 표행을 이끌고 있던 천룡표국의 대표두 이자두가 문득 손을 들어 표행을 멈춰 세우며 중얼거렸다.

"이상한 자군요."

대표두 이자두를 수행한 세 명의 표두 중 한 명인 표두 손말석이 손으로 햇볕을 가리고 말했다.

"마적 같지는 않은데요. 한 사람 아닙니까?"

다른 표두 장공이 이자두에게 말했다.

"그러게. 그런데 왜 길 중간에서 길을 막고 서 있을까?"

이자두가 고개를 갸웃했다.

괴인은 산모퉁이 하나를 돌았을 때 홀연히 표행 앞에 나타났다. 어찌 보면 길을 막은 것 같기도 하고, 또 어찌 보면 도움을 청하려는 사람 같기도 했다.

어깨에는 낡은 가죽으로 절반을 둘둘 말은 긴 장대 같은 것을 메고 있었고, 얼굴을 뒤덮은 산발한 머리 위에는 검은 삿갓을 쓰고 있어 코 위 얼굴은 제대로 보이지도 않았다.

덕분에 대체 이자가 뭘 하자고 길을 막았는지 도저히 감을 잡을 수 없었다.

"장공! 가서 만나보게. 손 표두는 날랜 아이들을 데리고 주위를 살펴보고. 혹 저자의 무리가 산속에 숨어 있을 수도 있으니까."

대표두 이자두가 재빨리 명을 내렸다.

"예, 대표두!"

"알겠습니다."

대표두 이자두의 명을 받은 두 표두가 각기 말을 몰아 명령을 실행하기 위해 움직였다.

두두두!

괴인을 만나보라는 명을 받은 표두 장공이 힘차게 말을 몰아 땅 위에 두 발을 박은 듯 서 있는 괴인 앞으로 달려갔다.

그러고는 노련하게 괴인의 기습이 미치지 않을 정도의 거리에 말을 세우고 괴인에게 물었다.

"우린 천룡표국의 사람들이오. 혹시 우리에게 뭐 바라는 것이 있소?"

장공이 위엄과 예의를 모두를 갖춘 태도로 물었다. 적아를 구분할 수 없는 상황에선 최선의 태도다.

그러자 괴인이 대답 없이 슬쩍 턱을 들어 삿갓 아래의 눈으로 장공을 바라봤다.

"왜 길을 막은 것이오?"

장공이 다시 물었다.

그러자 괴인이 짧게 대답했다.

"금자, 그리고 먹을 것과 입을 것……!"

순간 장공의 눈 밑 살이 씰룩였다.

"마적이냐?"

장공의 말투가 사나워졌다.

"그건 좋을 대로 생각하고……"

괴인의 대응이 심드렁하다.

그럴수록 장공의 화가 솟구쳤다.

"감히 천룡표국의 표행을 막고 금자를 요구해? 장안 천룡표국이 어떤 곳인지 모르는 모양이구나?"

"금자… 아니면 목숨! 선택은 당신들 몫!"

괴인이 다시 짧게 말했다. 그야말로 협박 같지 않은 협박인데도 그 말에 장공이 흠칫한 표정을 지었다. 말과 함께 삿갓을 뚫고 나오는 괴인의 날카로운 안광이 얼음처럼 차갑게 느껴졌기 때문이다.

그러나 그렇다고 대천룡표국의 표두 체면에 약한 모습을 보일 수는 없었다.

"적선이라면 모를까. 너 따위에게 빼앗길 금자는 없다."

표두 장공이 잠시나마 느꼈던 두려움을 떨쳐내려는 듯 오히려 경멸의 빛을 흘리며 품속에서 은자 몇 닢을 꺼내 괴인의 발아래 던졌다.

투툭!

은자 세 닢이 괴인의 발아래 나뒹굴었다.

"주워 갖든지 그건 네 맘대로 하거라. 그리고 금자를 원하면 앞으로는 일을 하거라. 그 건장한 체격은 두었다가 어디에 쓰려는 것이냐. 비럭질을 하려면 중원의 개방 같은 곳에 들어가 제대로 동냥하는 법을 배우든지… 세상에 공짜는 없는 법이다."

표두 장공이 괴인에게 일장 연설을 하고는 말 머리를 돌렸다.

그 순간 괴인의 눈빛이 삿갓 안에서 번쩍였다.

번쩍!

그것은 정말 순식간에 일어난 일이었다.

장내의 그 누구도 마른하늘에 눈부신 벼락이 만들어지는 모습을 볼 거라고는 생각지 못하고 있었다.

그런데 그 벼락이 떨어졌다. 그리고 엄청난 일을 만들어냈다.

"악!"

말 머리를 돌려 표행이 있는 곳으로 돌아가려던 표두 장공이 외마디 비명을 지르며 돌덩이처럼 말 위에서 떨어졌다.

히힝!

주인을 잃은 말이 갑작스러운 충격에 놀라 비명을 지르며 주인을 버리고 달아났다.

그 모든 일은 꿈결처럼 단 한순간에 일어났다.

표두 장공이 말 머리를 돌리는 순간 괴인의 어깨에 있던 가죽 천에 감긴 장대가 움직였고, 장대의 반을 감싸고 있던 가죽 천이 장대에서 흘러내리는 순간 그 끝에서 벼락이 친 것이다.

눈부신 벼락은 그대로 표두 장공의 등짝에 내려쩍혔고, 장공은 미처 반발할 사이도 없이 비명을 지르며 말에서 떨어졌다.

더 놀라운 것은 그 짧은 시간 벼락을 만들어낸 괴인의 장대가 어느새 다시 가죽 천을 휘감은 채 사내의 어깨 위에 태연하게 올라가 있다는 사실이었다.

마치 처음부터 아무런 일도 없던 것처럼.

"네 말대로 세상에는 공짜는 없는 법이니까. 너희들 목숨으로 금자의 대가를 치러야겠지."

괴인이 등을 불로 지진 듯한 상처를 입고 쓰러져 있는 표두 장공을 보며 중얼거렸다.

그러고는 천룡표국의 표행이 있는 곳으로 걸음을 옮기기 시작했다.

대표두 이자두는 문득 근자에 들은 한 가지 소문을 떠올렸다. 서역으로 떠날 때는 듣지 못했는데, 중원으로 돌아오기 위해 천산 서쪽에 진입했을 때 들은 소문이었다.

하도 말 같지 않은 소문이라 들을 때는 한 귀로 듣고 한 귀로 흘렸는데, 표두 장공을 기이한 무공으로 쓰러뜨린 이 괴인을 보자 갑자기 그 소문이 떠올랐다.

'한 자루 창을 들고 벽력의 힘을 빌려 쓰는 괴이한 자가 등장했다고 했던가? 마적 떼는 물론이고 천산 근처에 터를 잡은 몇몇 문파, 그리고 대상들 무리도 크게 당했다고 했었지!'

생각하고 말 것도 없었다.

소문은 사실이고, 바로 그자가 지금 천룡표국 앞에 나타난 것이다. 그리고 나타나자마자 노련한 표두 장공을 일 초에 쓰러뜨린 후 이자두 자신을 향해 다가오고 있었다.

괴인의 걸음은 느렸다. 덕분에 대표두 이자두에게 짧으나마 생각할 시간이 주어졌다.

그 짧은 순간 몇 가지 생각이 빠르게 이자두의 머리를 스치고 지나갔다.

'금자를 주고 말까? 저런 무공은 내 평생 본 적이 없다. 절대고수의 경지! 그렇다면 맞상대하는 것은 무모한 일이다. 하지만 그렇다고 바로 금자를 내주고 굴복하는 것은 나뿐만 아니라 천룡표국 전체의 수모인데. 한 수 겨뤄볼까? 그러고 나서……'

그쯤 생각했을 때 괴인이 이자두 앞에 도착했다.

"금자와 식량. 가능한가?"

천룡표국의 표두 한 사람을 죽었는지 살았는지 모르는 상태로 만들어놓았다는 것을 잊은 듯, 괴인이 턱을 들어 삿갓 아래 눈으로 이자두를 보며 물었다.

이미 이자두가 이 표행의 우두머리라는 것을 알아본 모양이었다.

질문을 듣고 보니 이자두의 머릿속이 더 복잡해졌다. 도대체가 이 눈빛은 사람의 눈빛이라고 할 수 없었다.

마치 죽은 자의 눈빛처럼 괴인의 눈빛에선 어떤 감정도 느껴지지 않았다.

경험 많은 이자두는 잘 알고 있었다. 이런 눈빛의 인간은 사람을 죽이는 것에 아무런 감정을 느끼지 않는다는 것을.

"후우……."

이자두가 길게 한숨을 내쉬었다.

평소 쉽게 결정을 내리기 어려울 때 나오는 버릇이다.

그사이 이자두 주위로 표두와 표사들이 모여들었다. 짐을 책임지는 쟁자수들은 멀찍이 물러나 마차 뒤로 몸을 숨기고 있었다.

"대체 당신은 누구요?"

이자두 대신 또 다른 표두 유강이 물었다.

"난 거래만 끝나면 돼. 당신들은 목숨, 나는 금자와 음식… 거래가 성사되면 서로 누군지 알 필요는 없지. 번거롭게……."

괴인이 느릿하게 대답했다. 아마도 그가 모습을 나타낸 후 가장 길게 한 말일 것이다.

괴인의 대답을 들은 표두 유강이 이자두를 바라봤다. 결정은 결국 이자두가 내리게 되어 있었다.

유강의 시선을 받은 이자두가 침착하게 입을 열었다.

"일단 장 표두를 살펴보게."

"아! 알겠습니다."

그러고 보니 괴인에게 정신이 팔려 말에서 떨어진 표두 장공을 잊고 있었던 것이다.

표두 유강이 재빨리 몸을 날려 괴인을 멀찍이 돌아 장공이 쓰러져 있는 곳으로 달려갔다.

괴인은 그런 유강을 막지는 않았다.

대표두 이자두는 표두 유강이 쓰러진 장공을 안아 일으키는 것을 주시하고 있었다.

웬일인지 괴인 역시 이자두에게 약간의 시간을 주고 있었다.

장공을 안아 일으킨 유강이 이자두를 보며 고개를 저었다. 가망이 없다는 의미다.

그러자 이자두가 눌러놓았던 분노를 터뜨렸다.

"참으로 잔인한 자로구나."

"스스로 선택한 운명이지. 난 언제든 날 상대하는 누구에게나 스스로 자신의 운명을 선택할 기회를 주거든. 지금도 그대와 그대의 식솔들에게 선택할 기회를 주는 것이고. 자, 이젠 답을 하라!"

쿵!

사내가 어깨에 메고 있던 천에 감긴 장대로 땅을 찍으며 말했다. 그러자 그 장대에서 시작된 땅의 울림이 천룡표국의 표사들 발밑까지 전해졌다.

그야말로 엄청난 공력의 소유자임을 증명하는 행동이었다.

사내의 능력을 이미 경험한 이자두조차도 새삼스럽게 깊은 한숨을 내쉬었다.

비록 표사들이 무림의 무인들 중에서 뽑은 자들이라 해도 표국은 결국 상계의 집단이다. 그 표사들의 수준이 무림의 절대고수를 상대할 수준은 분명 아니었다.

그래서 표사들이 무림의 절대고수를 만났을 때는 언제든 한수 양보할 수밖에 없는 게 또한 이 세계의 불문율이었다.

그리고 오늘, 비록 정체를 알 수 없지만 이자두와 천룡표국의 표사들은 무림의 절대고수를 만난 것이다. 그러니 양보를 해야 하는 것이 당연한데 이상하게 그 양보가 쉽지 않았다.

어쩌면 무림고수답지 않은 허름한 사내의 모양새 때문일 수도 있었다.

그러나 결국 이자두는 자신의 오랜 경험과 인내심으로 위험을 회피하는 쪽을 선택했다.

"금자 오십 냥, 홀로 석 달 버틸 식량을 주겠소. 그럼 되겠소?"

이자두가 사내에게 물었다.

그러자 사내가 무심하게 대답했다.

"나쁘지 않군. 그렇게 하지."

사내가 동의하자 이자두가 뒤를 돌아보며 표사 한 명에게 말했다.

"가서 식량을 챙겨오게."

"예. 대표두님!"

표사가 얼른 대답을 하고는 식량을 실은 마차로 달려갔다. 그 사이 이자두는 자신의 품속에서 비단 전낭 하나를 꺼내 사내 앞에 던졌다.

쩡그렁!

전낭이 사내의 발밑에 떨어지면서 쇠붙이 부딪히는 소리가 들렸다.

"금덩이로 금자를 대신하겠소."

이자두가 말했다.

"나쁘지 않지."

사내가 장대 끝으로 전낭을 툭 쳤다. 그러자 놀랍게도 전낭이 마치 살아 있는 새처럼 부드럽게 허공으로 떠올라 사내의 손에 들어갔다.

그 모습에 이자두가 내심 가슴을 쓸어내렸다. 사내가 보여주는 그 한 수가, 그가 절대의 무공을 지니고 있음을 증명하고 있었던 것이다. 이런 자를 상대로 운을 시험한다는 것은 죽음을 자초하는 일이다.

이자두가 내심 가슴을 쓸어내리는 사이 식량을 가지러 갔던 표사가 건량 한 자루를 들고 달려왔다. 그러고는 사내 앞으로 식량 자루를 던졌다.

턱!

식량 자루가 가죽으로 감긴 장대 끝에 걸렸다. 괴인은 장대로 식량 자루의 무게를 가늠한 후 어깨에 걸치면서 입을 열었다.

"좋은 거래였어. 가도 좋다."

마치 천산의 길이 모두 자신의 것인 듯한 말투였다.

그러자 이자두가 썩은 고기를 씹은 표정으로 표사들에게 소리쳤다.

"떠날 준비를 하라."

이자두의 명이 떨어지자 뒤로 물러나 있던 쟁자수들이 재빨리 움직여 길을 떠날 채비를 서둘렀다.

그런데 그때, 산비탈 쪽으로 근방의 정세를 살피러 떠났던 표두 손말석이 표사 두 명과 함께 무서운 속도로 말을 몰아 일행이 있는 곳으로 달려왔다.

두두두!

표두 손말석은 누군가에게 쫓기는 듯 다급했다. 그는 대표두 이자두가 있는 곳에 도착하자마자 말 위에서 소리쳤다.

"마적 떼입니다."

"마적 떼?"

"그렇습니다. 복장으로 보아 적풍사 무리 같습니다. 붉은 전포를 두른 자가 여럿 보였습니다."

"적풍사! 그자들까지… 설마……?"

적풍사는 혈랑대와 더불어 천산 인근의 초원은 물론 근방의 사막까지 광대한 지역을 지배하는 마적 떼였다. 아무리 천룡표국이라 해도 적풍사라면 경계하지 않을 수 없었다.

대표두 이자두가 식량 자루를 창대에 걸쳐 메고 길을 열어주려는 듯 옆으로 걸어가는 괴인을 바라봤다.

그러자 괴인이 이자두의 시선을 느꼈는지 고개를 돌려 이자두를 보며 말했다.

"할 말이 있나?"

"적풍사 무리가 오고 있다는데, 그들과 관련이 있소?"

"적풍사? 그 버러지 같은 놈들? 아니, 나와는 관련 없다."

괴인이 고개를 저었다.

그러자 이자두가 가볍게 한숨을 내쉬었다. 만약 괴인이 적풍사와 한패라면 금자 오십 냥으로 끝날 일이 아니기 때문이다.

"알겠소. 그럼 적풍사와의 일에는 관여치 말기 바라오."

"난 볼일 끝났어."

괴인이 심드렁하게 대답하고 천천히 산비탈 쪽으로 걸음을 옮겼다.

그런데 그 모습을 보고 있던 표두 손말석이 난감한 표정으로 중얼거렸다.

"그쪽으로 가면 적풍사와 마주치게 될 텐데……."

괴인이 움직인 방향이 공교롭게도 적풍사 무리들이 달려오는 방향이었던 것이다.

"그를 신경 쓸 여유가 없네. 당장 우리가 급해. 모두 들어라.

상대는 적풍사다. 이번에야말로 제대로 싸워야 살 수 있다. 금자 몇 냥으로 끝날 일이 아니다. 모두 단단히 준비하라."

이자두의 명에 길을 떠날 준비를 하던 천룡표국의 표사와 쟁자수들이 말과 낙타, 그리고 마차들을 이동시켜 둥글게 원형진을 만들고 그 주변에서 마적 떼를 맞을 준비를 하기 시작했다.

두두두두!

산 뒤쪽에서부터 들리던 은은한 말발굽 소리가 한순간 천둥처럼 커졌다.

그리고 그 순간, 일백이 넘는 숫자의 마적들이 한 사람당 두세 마리의 말을 끌고 산비탈을 돌아 산 아래 초원에 모습을 드러냈다.

대상들이 절대 만나고 싶지 않은 상대, 적풍사였다.

적풍사 무리들은 모습을 드러낸 후에는 잠시 이동을 멈춘 듯하다가 다시 속도를 높여 천룡표국의 표행을 향해 질주하기 시작했다.

두두두!

또다시 말발굽 소리가 지축을 뒤흔들었다.

그런데 상황이 묘하게 돌아갔다. 피할 만도 하건만 천룡표국으로부터 금자와 식량을 얻어낸 괴인이 방향을 틀지 않고 적풍사 무리가 달려오는 방향으로 걷고 있었다.

"저자가… 어쩔 생각일까요?"

자신의 동료 한 명을 죽이고, 금자와 식량을 탈취한 자임에도 불구하고 표두 유강이 마치 괴인을 걱정하듯 말했다.

그러자 이자두가 냉정한 목소리로 대답했다.

"모르지. 그러나 우리에게 나쁜 일이 아닐세. 그의 무공으로 보아 저대로 충돌한다면 적풍사 무리들도 상당한 피해를 입을 걸세."

"그도 죽겠지요?"

"무림의 격언 중에 한 손이 열 손을 못 당한다는 말이 있네. 그만큼 사람의 숫자는 중요해. 하물며 일 대 백이 아닌가? 그것도 그 난폭하다는 적풍사… 아무리 저자가 대단해도 홀로 저 많은 마적들을 상대할 순 없네."

이자두가 싸움의 결과를 단정하듯 말했다.

그의 곁에 있던 표두와 표사들도 내심으로 이자두의 의견에 동의하고 있었다. 역시 싸움은 머릿수가 중요한 법이다.

하지만 그 변하지 않는 전쟁터의 법칙을 인정하면서도, 천룡표국의 사람들 마음속에는 이상하게도 괴인에 대한 일말의 기대가 도사리고 있었다.

어쩌면 그 홀로 일백의 사나운 마적을 모두 상대할 수도 있을 것이라는 말도 안 되는 기대였다.

"놈!"

적풍사를 이끄는 갈탄의 입에서 씹어뱉듯 욕설이 흘러나왔다.

사람들은 그를 악마검이라는 별호로 부른다.

자칫 악마검이라는 별호는 적에게 겁을 주기 위해 스스로 만든 삼류 혹도 무리의 별호 같지만, 사실 이는 그 자신이 아닌 다른 사람들이 만들어준 별호였다.

그래서 이 별호는 남다른 의미를 지니고 있었다. 누군가를 악마라고 부른다는 것은 그에 대한 근원적인 공포가 존재한다는 뜻이기 때문이다.

적풍사의 우두머리 갈탄은 사람들에게 그런 존재였다.

마적이지만 결코 마적으로만 치부할 수 없는 존재, 그 옛날 칠마와 십육마문의 난이 천산까지 번졌을 때도 마도건 무리맹이건 오히려 충돌을 피했던 존재가 갈탄이었다.

그 갈탄이 괴인을 노려보며 욕설을 내뱉었다.

그의 시선은 괴인에게서 한시도 떨어지지 않았고, 그를 따르는 적풍사 무리들 역시 괴인과의 거리가 가까워질수록 도검을 쥔 손에 힘이 들어갔다. 또한 괴인을 바라보는 눈들은 모두 살기로 물들었다.

"포위해!"

한순간 갈탄의 입에서 차가운 명이 떨어졌다.

그러자 한 무리로 달리던 일백 적풍사들의 대형이 좌우로 길게 늘어지더니, 진영의 좌우 끝을 달리던 자들이 속도를 더욱 끌어올렸다.

마치 학익진을 펼치는 듯 일백의 마적들이 괴인 한 사람을 크게 에워싸기 시작했다.

그런 적풍사의 움직임을 보고 있던 천룡표국의 노련한 표두들은 한 가지 사실을 깨달았다.

처음부터 적풍사의 목표는 천룡표국의 표행이 아니라 괴인이었던 것이다.

두두두!

어지러운 말발굽 소리가 세상을 혼돈스럽게 만들었다. 괴인을 중심으로 일백 명의 마적들이 몇 겹의 포위망을 만들었다.

어느새 괴인도 걸음을 멈추고 있었다.

하지만 그는 어떤 두려움도 느껴지지 않는 것 같았다. 오히려 그를 겹겹이 에워싼 마적들이 겁을 먹은 듯 괴인과 일정한 거리를 유지하고 있었다.

드디어 포위망이 완성되자 적풍사의 움직임이 멎었다. 그러자 갑자기 장내에 차가운 침묵이 찾아왔다.

그 침묵을 깬 사람은 악마검 갈탄이었다.

"네가 천을 죽인 놈이냐?"

갈탄이 초원에 살기를 뿜어내며 물었다.

"그게 누군데?"

괴인이 심드렁하게 물었다.

"한 달 전, 귀령곡에서 네가 죽인 사람들 중 한 명이다."

"귀령곡… 그렇군. 그때 열 명의 버러지 같은 놈들이 내 휴식을 방해하고 감히 날 조롱하기에 황천길로 보내주었지. 그런데 그래서?"

"그들은 우리 적풍사의 식구들이었다. 그리고 그들 중 한 명은 나의 아들이었다. 그러니 넌 감히 악마검 갈탄의 아들을 죽인 대가를 치러야 할 것이다. 오늘 네게 고통의 끝을 경험하게 해주마."

갈탄이 괴인을 노려보며 뜨거운 분노를 터뜨렸다.

그러자 괴인이 잠시 갈탄을 바라보다가 피식 실소를 흘리며 말했다.

"풋… 악마검이라니. 어린애 같은 자로군. 나이는 꽤 들어 보이는데. 어디 악마의 검은 어떤 모습인지 구경 한번 해볼까?"

제3장
일 대 백

　"놈을 제압해라. 사지는 잘라도 좋다. 그러나 반드시 산 채로
사로잡아라!"

　적풍사의 우두머리 악마검 갈탄의 명이 떨어졌다.

　그러자 그의 곁에 있던 다섯 명의 마적들이 누구보다 먼저 이
리 떼처럼 괴인을 향해 달려들었다.

　갈탄의 명에 본능적으로 반응한 것으로 보아 그의 심복들인
것이 분명했다. 그런 만큼 말을 몰아 사내에게 돌진하는 기세가
예사롭지 않았다.

　뽑아 든 도검이 광채로 번뜩였다. 눈은 살기로 가득 찼다. 더
불어 이 땅에서 자신들을 상대할 수 있는 자가 없다는 듯 자신
감 역시 하늘을 찌르는 것 같았다.

　그렇게 횡으로 늘어선 다섯 명의 마적이 괴인을 덮쳤다.

순간 괴인이 어깨에 메고 있던 장대를 가벼운 움직임으로 튕겼다.

퉁!

괴인의 어깨에서 장대가 떠오르자 자연스럽게 장대의 반을 감싸고 있던 가죽 천이 흘러내렸다.

순간 신비롭고 기이한 창(槍)이 사람들 앞에 모습을 드러냈다.

창신은 완전한 검은색에 가까웠다. 나무가 아닌 묵철로 만들어진 창대임이 분명했다.

웬만한 충격으로는 상처조차 낼 수 없다는 묵철이다. 더군다나 무게도 다른 철의 두 배에 가까워서 무기로 쓰기 위해선 강력한 공력을 지니고 있지 않으면 불가능했다.

그런 묵철로 만든 창대를 이토록 가볍게 움직일 수 있다는 것은 사내의 공력이 절대의 지경에 이르렀다는 것을 증명하는 것이었다.

그러나 사람들을 놀라게 한 것은 묵철로 만든 사내의 창대가 아니었다.

오히려 묵철로 만든 검은 창대는 금세 사람들의 뇌리에서 사라졌다.

대신 사람들의 눈에는 오직 허공에 떠 있는 한 자 길이의 창날만 보였다.

눈부심, 이 말이 가장 어울리는 말이었다. 천 가죽을 벗어난 창날은 그야말로 눈부셨다. 마치 세상의 모든 빛이 창날로 모여드는 것 같았다.

가까이에 선 자들은 차마 창끝에서 번쩍이는 빛을 제대로 바라보지도 못할 정도였다.

그래서 괴인을 공격하던 자들도 한순간 시야를 잃고 주춤거렸다. 그리고 그 순간, 창날이 허공을 갈았다.

"악!"

단말마의 비명 소리와 함께 마적 한 명이 허공으로 떠올랐다. 그의 심장에는 어느새 검은 창이 꽂혀 있었는데, 그는 창에 꽂힌 채로 허수아비처럼 허공에서 휘둘리고 있었다.

그리고 그의 몸에서 눈부신 창날이 빠져나오자, 그의 몸이 십여 장을 날아가 적풍사의 두목 악마검 갈탄을 덮쳤다.

"헛!"

악마검 갈탄이 헛바람을 흘려내며 재빨리 말을 몰아 허공에서 날아오는 자신의 수하를 피했다.

쿵!

허공을 날아온 마적이 갈탄이 있던 자리에 큰 소리를 내며 떨어졌다. 풀밭에 떨어진 마적은 잠시 꿈틀거리다가 이내 숨을 거뒀다.

"이… 놈……!"

갈탄이 당황하면서도 괴인을 향해 분노한 시선을 돌렸다.

그러나 그는 더욱 당황할 수밖에 없었다.

눈부신 창신은 마치 벼락에 휩싸인 것처럼 움직였다. 창신에서는 끊임없이 눈부신 빛이 번져 나왔고. 그 빛은 마치 연속해서 일어나는 벼락처럼 스치는 모든 것을 쓰러뜨렸다.

사람이면 사람, 말이면 말, 사내가 휘두르는 창의 눈부신 창날에 닿는 것들은 모두, 불에 탄 듯한 흔적을 남기며 쓰러져 갔다.

히히잉!

"크악!"

사람과 말의 비명 소리가 연이어 흘러나오고, 사내가 창을 꺼내 든 지 십여 초가 지나지 않아 그를 공격하려고 달려들었던 다섯 명의 마적과 그들이 타고 있던 말들은 이미 그의 앞에서 사라지고 없었다.

두 필의 말은 도주를 했고, 그 외 생명들, 다섯 명의 마적과 세 필의 말은 붉은 피를 흘리며 초원에 쓰러져 있었다.

툭!

눈부신 창술을 선보인 괴인이 땅에 떨어진 가죽 천을 창끝으로 쳤다. 그러자 가죽 천이 살아 있는 생물처럼 허공에 떠오르더니 순식간에 눈부신 창날을 휘감았다.

한순간에 사람들의 눈을 멀게 만들었던 눈부심이 사라졌다. 눈부심이 사라지자 싸움의 참상이 더욱 선명하게 드러났다.

피로 얼룩진 초원, 아직은 숨이 붙어 있지만 결국 죽게 될 사람과 말의 발버둥······.

그 와중에도 괴인은 그런 참상이 아무렇지도 않은 듯 걸음을 옮겨 악마검 갈탄이 있는 방향으로 걷기 시작했다.

그런데 쓰러진 자들에게 신경을 쓰지 않는 것은 갈탄도 마찬가지였다. 그는 수십 년간 자신의 수족으로 살아온 자들이 죽었음에도 그들의 죽음에 관심을 두지 않았다.

아니, 관심을 두지 않은 것이 아니라 관심을 둘 여유가 없었다. 당장 그 자신의 목숨이 위험하다는 것을 본능적으로 깨닫고 있었기 때문이다.

풍문으로 들은 소문은 사실이었다.

벼락을 만들어내는 창을 지닌 자는 실제로 존재했다.

물론 소문과 완전히 일치하는 것은 아니었다. 소문의 사내는 벼락을 하늘로부터 빌려 쓴다고 알려졌지만 사실 괴인은 벼락을 만들어 쓰는 자였다.

강력한 내공에 의한 것인지 아니면 그가 쓰는 신비로운 창의 위력인지는 알 수 없었다. 그러나 어쨌든 괴인은 벼락을 스스로 만들어내는 무공을 사용하고 있었다.

오랜 경험을 통해 볼 때 자신은 절대 이 괴인의 상대가 아니었다.

비록 적풍사가 천산 일대를 주름잡는 마적 집단이고, 자신이 그 적풍사의 수장이지만, 이런 절대고수를 상대하는 것은 불가능한 일이었다.

"어찌할까요?"

갈탄이 정신을 차린 것은 그의 뒤로 다가온 수하의 물음 때문이었다.

"음……."

수하의 질문에 갈탄은 쉽게 대답할 수 없었다.

적은 강하다. 그건 분명한 사실이었다.

그러나 적이 강하다고 검 한 번 섞지 못하고 도주한다면 그건 지금까지 자신이 쌓아온 명성을 하루아침에 버리는 일이 될 것이다.

만약 지금 꼬리를 말고 도주한다면 살 수는 있을지 몰라도 천산의 절대자 적풍사의 두목으로는 더 이상 살아갈 수 없을 것이다.

그 누구도, 비록 그것이 마적 떼라 해도 자신의 아들을 죽이고, 수십 년 자신을 따른 심복들을 죽인 적에게 검 한 번 휘두르지 못한 자를 우두머리로 섬길 사람은 없기 때문이었다.

아마도 열흘 안에 적풍사의 마적들은 그를 떠나 새로운 주인을 찾아갈 것이다.

그 미래가 너무 분명해서 본능은 괴인을 피해 도망가야 한다고 말하지만 이성이 그의 도주를 막고 있었다.

그리고 그 순간에 오랜 노련함이 빛을 발했다.

'굳이 내가 싸울 필요는 없지 않은가. 목숨을 걸고 싸울 사람은 많아. 난 적당한 때 싸움을 중지시켜 적풍사의 명맥을 유지하는 선택을 하면 그뿐인 거야.'

갈탄이 한순간 자신에게 가장 유리한 결정을 내렸다.

"모두 들어라. 놈은 하나다. 그리고 우린 적풍사다. 모두가 죽어도 동료들의 복수를 한다. 그게 우리의 법이다!"

호기로운 갈탄의 외침에 평소 죽음을 두려워 않는 적풍사의 마적들이 갑자기 용기를 내기 시작했다.

"놈은 하나다. 죽이자!"

"모두 놈을 공격해!"

"먼저 활을 쏴!"

누군가가 자신들에게는 유리한 병기가 있다는 것을 떠올리고 소리쳤다.

그러자 뒤늦게 활의 존재를 깨달은 적풍사의 마적들이 일제히 괴인을 향해 시위를 겨누었다.

팡!

한 대의 화살이 시위를 떠났다.

쐐애액!

시위를 떠난 화살이 무서운 속도로 괴인을 향해 날아갔다. 괴인은 여전히 갈탄이 있는 방향으로 걸음을 옮기며 가죽 천이 씌워진 철창을 휘둘렀다.

픽!

그를 향해 무섭게 날아들던 화살들이 창을 감싼 가죽 천에 꽂혀 힘을 잃었다.

그리고 그건 시작에 불과했다.

촤아악!

어느새 수십 명의 마적들이 쏘아댄 화살이 소낙비처럼 괴인에게 떨어져 내리기 시작했다. 그 누구도, 설혹 그것이 전신(戰神)이라 해도 벗어날 수 없을 것 같은 화살 비다.

그러나 괴인은 전혀 당황하는 기색이 없었다.

펄럭!

괴인의 창을 감싸고 있던 가죽 천이 허공에 날리며 눈부신 창날이 다시 모습을 드러냈다. 일단 모습을 드러낸 창이 허공을 둥글게 한 번 갈랐다.

쩌저적!

순간 벼락 치는 소리가 터져 나오면서 괴인의 몸 주위로 방향을 잃은 빛의 줄기들이 거미줄처럼 엉키기 시작했다.

카카캉!

빛의 거미줄에 걸린 화살들이 날카로운 소성을 만들어내며 사방으로 튕겨져 나갔다.

수백 대의 화살이 날아들었지만 개중 어느 것도 괴인의 만든 벽력의 그물을 뚫지 못했다. 당연히 괴인의 몸에 닿은 화살은 단 하나도 없었다.

그 와중에도 괴인은 여전히 갈탄을 향해 다가오고 있었다.

"사풍진을 짜라. 놈을 가루로 만든다."

갈탄이 소리쳤다.

그러자 마적들이 괴인이 움직이는 방향으로 모여들더니, 급히 말에서 내려가 도검을 뽑아 들고 벌집 모양의 작은 진 여러 개를 형성하기 시작했다.

천산 일대를 주름잡는 적풍사가 자랑하는 사풍진이다.

알려지기로는 한번 갇히면 진에 갇힌 사람은 사지가 잘려 나가 시체의 흔적조차 찾을 수 없다는 잔혹한 검진으로 유명한 진법이었다.

차르릉!

사풍진을 형성하며 마적들이 각자 서로의 검을 마찰하듯 잇대었다. 그로 인해 일어난 소리가 한편으론 괴기스럽게 들리고, 또 한편으로는 요기롭게 들려서 적의 정신을 혼돈스럽게 만드는 힘이 있었다.

그러나 괴인은 그런 요란한 사풍진의 소음에도 전혀 흔들림이 없었다. 그는 마치 귀가 먹은 사람처럼, 혹은 죽음을 향해 스스로 걸어가는 사람처럼 사풍진을 형성한 적풍사의 마적들과 격돌했다.

번쩍!

괴인의 창끝에서 재차 벼락같은 섬광이 일어났다. 순간 천둥 같은 굉음이 터져 나왔다.

콰앙!

"악!"

"허억!"

뒤를 이어 날카로운 비명 소리가 터져 나왔다.

사풍진의 한 부분을 이루고 있던 소진(小陣)이 깨지면서 마적들이 피를 뿌리며 사방으로 날아갔다.

하나의 소진이 사라지자 사풍진에 빈틈이 생겼다. 그 안으로 괴인이 성큼성큼 걸어 들어가며 마치 그 자신이 벼락의 주인이라도 되는 것처럼 눈부신 창법을 시전하기 시작했다.

"젠장… 저게 대체 뭡니까?"

표두 유강의 입에서 자신도 모르게 욕설이 흘러나왔다.

그의 눈은 마치 허수아비들을 날려 버리는 듯 마적들을 창에 꽂아 사방으로 던져 버리는 괴인에게서 한순간도 떠나지 않았다.

"소문이… 오히려 부족했던 모양이군."

천룡표국의 대표두 이자두도 넋을 잃은 채 중얼거렸다.

"저게 정말 사람이 할 수 있는 일입니까?"

표두 손말석 역시 경악한 표정으로 중얼거렸다.

그사이 무림인 못지않은 칼 솜씨와 잔악함으로 유명한 적풍사의 일백 마적들이 칠십여 명으로 줄어 있었다.

차 한 잔 마실 시간도 되지 않아 적풍사가 자랑하는 사풍진은 완전히 와해되었고, 그 안을 걷고 있는 괴인은 양 떼를 사냥하는 호랑이처럼 마적들을 도륙하고 있었다.

마적들은 그를 피해 달아났고, 그러자 그의 앞길은 훤하게 열렸다.

결국 악마검 갈탄의 다급한 목소리가 천룡표국의 표사들에게도 들려왔다.

"후퇴한다. 각자 생명을 보존하라. 후일 이 원한은 반드시 갚겠다."

갈탄의 명이 떨어지자 마적들이 꼬리를 말고 도주하기 시작했다.

본래 두세 마리의 말을 한 사람이 끌고 다니는 자들이라 일단 도주하기 시작하자 적풍사의 마적들은 순식간에 괴인으로부터 멀어지기 시작했다.

괴인 역시 도주하는 마적들을 굳이 쫓지 않았다. 그는 단지 자신이 갈 길을 그대로 갈 뿐이었다. 마치 막지 않으면 누구도 죽일 생각이 없는 사람 같았다.

마지막까지 괴인을 노려보고 있던 갈탄 역시 수하들을 따라 말을 몰기 시작했다.

"반드시 이 원한을 갚고 말리라!"

도주를 하면서도 갈탄이 원한 가득한 경고를 남겼다.

그러나 괴인은 갈탄의 경고에 아무런 반응도 보이지 않았다. 대신 그는 주위를 두리번거리다가 한쪽에 던져놓은 식량 자루를 발견하고는 성큼성큼 걸음을 옮겨 창끝으로 식량 자루를 들어 올렸다.

그러고는 천천히 천산자락을 향해 걷기 시작했다.

"우리가 꿈을 꾼 걸까요?"

표두 손말석이 멀어지는 괴인을 보며 중얼거렸다.

"꿈이라. 그랬으면 얼마나 좋겠는가? 하지만 장 형님이 이렇게 돌아가시지 않았는가?"

표두 유강이 우울한 표정으로 대답했다.

"그렇군요. 장 형님이 이렇게 변을 당하실 줄이야."

손말석이 우울한 표정으로 대답했다.

"모두 내 잘못일세."

대표두 이자두가 자책하듯 말했다.

"이게 왜 대표두님 잘못입니까? 다 저자 때문이지요. 아니, 아닙니다. 다만 장 형님이 운이 없었을 뿐입니다."

손말석이 위로하듯 말했다.

그러자 이자두가 고개를 저었다.

"그렇지가 않아. 저자를 처음 보았을 때, 내 본능이 경고를 했었네. 위험하다고. 그럼에도 그가 혼자라는 이유로 내가 그 경고를 무시했어. 좀 더 조심했어야 하는데……."

이자두가 자신을 용서할 수 없다는 듯 말했다.

"절대 대표두님의 잘못이 아닙니다. 저자의 무공이 설마 저 정도일 줄 누가 알았겠습니까? 제 생각에는… 어쩌면 천하제일인일지도 모른다는 생각이 듭니다."

표두 유강이 말했다.

"천하제일인… 그래. 세상에 확실한 것은 없다지만 최소한 천하제일인의 자리를 노릴 만한 무공인 것은 분명해. 오선 정도면 상대가 될까?"

이자두가 고개를 갸웃했다.

"제 생각에는 오선도 힘들 것 같은데요."

유강이 대답했다.

"음… 그러고 보니 한 가지 사실을 잊고 있었군."

"무엇을 말입니까?"

유강이 물었다.

"저자의 창 말일세."

"창이요? 벼락을 만들어내는 그 창 말입니까?"

"음……."

"특별해 보이기는 하더군요."

유강이 고개를 끄떡였다.

"특별한 것이 문제가 아니라 한 가지 사실이 떠올라서."

"어떤……?"

유강이 되물었다.

"이곳은 천산이고, 저자는 벼락을 일으키는 창을 가지고 있네. 과거 천마 파융이 이곳에서 무림맹의 공격에 죽었지. 그 천마 파융이 사용했던 창이 바로……."

"아!"

유강이 놀란 표정을 지었다.

그러자 손말석도 두 사람의 대화에 끼어들었다.

"정말, 정말 전신극일까요?"

"글쎄… 모르지. 풍문에 의하면 당시 천산대전에서 천마 파융은 전신극을 잃어버려 죽임을 당했다고 하지 않았나?"

"그렇다면……."

표두 유강과 손말석이 동시에 점으로 변한 괴인을 바라봤다.

세 사람은 잠시 괴인의 흔적을 쫓느라 침묵을 지키다가 문득 대표두 이자두가 정신을 차리며 말했다.

"이렇고 있을 때가 아니네. 너무 기이한 일을 많이 겪었어. 이런 곳은 한시바삐 벗어나는 것이 상책일세. 아직 해가 남아 있으니 길을 서두세."

"알겠습니다, 대표두!"

"특히 쟁자수들이 놀랐을 걸세. 잘 다독이게. 손 표두 자네는 표사 몇 명을 데리고 앞서 나가 정세를 살피게. 조심해서 나쁠 것은 없으니까."

"알겠습니다, 대표두님!"

표두 손말석이 대답을 한 후 말을 몰아가며 소리쳤다.

"장삼, 이종, 후명은 날 따라오게."

갑작스러운 호출에도 세 명의 표사가 나는 듯이 손말석을 따라붙었다. 아마도 이런 일에 익숙한 듯 보였다.

손말석이 세 명의 표사를 데리고 앞으로 달려 나가자 이자두가 혼잣말을 중얼거렸다.

"정말 전신극이라면… 천산에 다시 피바람이 불겠구나."

*　　　*　　　*

사람들이 보았다면 영락없이 변방을 떠도는 비렁뱅이들이라고 했을 것이다.

옷자락에 덮인 먼지가 어젯밤 황량한 사막에서 불어온 황사 때문이라고 해도 믿지 않을 것이고, 횅한 눈은 며칠째 노숙을 했기 때문이라고 해도 믿지 않을 것이다.

만약 품속에서 금자라도 꺼내 보이면 당장 누군가의 금자를 슬쩍 훔쳤다고 생각해 몽둥이를 들고 달려들 수도 있었다.

그 모든 일들은 그들의 잘못이면서도 그들의 잘못이 아니었다.

애초에 불사 나왕과 자왕 사송이 볼품없는 외모를 가진 것은 반드시 그들의 잘못이 아니기 때문이다.

그건 그들 부모가 그들에게 남겨준 가혹한 유산이어서 그들도 어찌할 수 없는 숙명이었다.

그래서 그들이 여러 날을 걸어 천산의 끝 봉우리가 아스라이 보이는 마을에 들렀을 때 비렁뱅이 취급을 당하는 것 역시 숙명이라고 생각할 수밖에 없었다.

자신들이 동냥질이나 하며 변방을 떠도는 비렁뱅이가 아니라는 사실을 증명하는 길은 그들의 짐 속에서 도검을 꺼내 자신들의 무공을 보여주는 방법밖에는 없을 것이다.

아니, 생각해 보면 그것 말고도 한 가지 방법이 더 있었다.

그리고 그들은 그 방법으로 감히 이런 추레한 몰골을 하고도 객잔에 들러 방을 빌리고 요기를 할 용기를 낼 수 있었다.

그건 바로 그들과 동행하고 있는 청년 고수 적월의 존재였다.

나왕과 사송 두 사람과 달리 적월은 며칠 노숙을 해도, 또 어젯밤에 불어온 황사로 옷에 먼지가 쌓였어도 아무도 비렁뱅이 취급을 하지 않았다.

이유는 두 사람과 정반대로 그의 친부모인 십이지방의 인왕 몽전과 묘왕 이화령이 물려준 출중한 외모 때문이었다.

적월은 아무리 때 묻은 옷을 입고 있어도 비렁뱅이가 아니라 힘든 여행길을 온 귀한 집 자제로 보이는 외모를 가지고 있었다. 그래서 나왕과 사송이 객잔에 들어갈 때 적월을 앞세운 것은 당연한 일이었다.

"어서 오세요!"

시원스러운 점소이의 목소리가 세 사람을 반겼다.

뒤를 이어 세 사람은 자신들의 행색을 살피는 점소이의 날카로운 눈초리를 느꼈다.

"요기를 하고 싶소만… 혹 객방이 있으면 하루 묵어가도 좋겠고."

적월이 점소이를 보며 물었다.

그러자 점소이가 얼른 대답했다.

"물론입죠. 그 모든 것을 이곳에서 해결할 수 있습니다. 그런데… 시종분들의 방은 따로 잡을깝쇼?"

점소이가 나왕과 사송을 슬쩍 보며 말했다.

순간 두 사람의 얼굴이 썩은 음식을 씹은 것처럼 구겨졌다.

"누가 시종이란 말인가?"

사송이 화를 참지 못하고 점소이에게 따졌다.

"시종이 아니면 그럼……?"

점소이가 당황한 듯 적월과 두 사람을 번갈아 보며 물었다.

"이분들도 함께 방을 쓸 겁니다."

"아, 그러… 시군요. 알겠습니다. 그럼 큰 방으로 준비를 해드리지요. 식사는 방에서……?"

"그렇게 해주세요."

적월이 부드러운 표정으로 대답했다.

사송이 화를 내자 점소이가 겁을 먹은 듯 보였기 때문이다.

"알겠습니다. 따라오시지요, 공자님!"

점소이가 자신을 잘 대해주는 적월이 고마운지 극진하게 예의를 갖추며 적월을 안내했다.

그러자 적월이 점소이를 따라 객잔 이 층으로 올라가기 시작했다.

"젠장, 어느 놈은 먼지를 뒤집어쓰고 있어도 대갓집 공자님으로 보이고, 어느 놈은 똑같은 모습을 하고 있어도 시종으로 보다니. 망할 놈, 점소이 노릇을 하면서도 사람 볼 줄 모르네."

사송이 멀어지는 점소이와 적월을 보며 투덜거렸다.

그러자 나왕이 자조적인 음성으로 말했다.

"그래도 다행 아니오. 적월이 덕분에 시종이라도 되었으니. 아마 우리 두 사람만 왔다면 비렁뱅이로 알고 문전 박대를 당했을 거요."

"흐흐, 정말 그렇긴 하오. 흐흐… 젠장!"

기분이 상하면서도 웃음이 나는지 자왕 사송이 실없이 소리 낮춰 웃었다.

"자자, 어서 따라갑시다. 여기 남아 있다가는 영락없이 비렁뱅이로 몰릴 판이니."

나왕이 자왕 사송을 재촉해 적월을 따라가기 시작했다.

사막을 지나 천산의 권역으로 들어서 처음 만나는 녹지에 세워진 객잔이라 그런지 객잔은 제법 규모가 있었다.

객잔을 품고 있는 마을 역시 작지 않아서 삼사십 호의 가구가 원형을 이루며 모여 있었고, 그 대부분은 객잔이나 반점을 하거나 혹은 서역과 중원을 오가는 상인들을 상대로 거래를 중개하는 일을 하고 있었다.

그래서인지 마을은 제법 훙청거렸다.

몇 군데 기루도 있는 모양으로 밤이 되자 멀리서 여인의 교태 소리가 들리기도 했다.

적월 등 삼 인은 오랜만에 다른 사람이 준비해 준 음식으로 요기를 한 후 느긋하게 술잔을 기울이고 있었다.

창을 열어놓아 객잔 앞길을 오가는 사람들이 한눈에 보였고, 귀 밝은 무림인들이라 길을 지나는 사람들이 하는 말까지 또렷하게 들렸다.

그럼에도 창을 닫지 않은 것은 천산까지 이어진 초지에서 불어오는 저녁 바람이 신선하기 때문이었다.

며칠 황사 바람에 고생을 한 것을 생각하면 이런 공기를 만끽하는 것도 즐거운 호사였다.

"이제 천산 초입까지는 열흘이면 도착하겠지요?"

나왕이나 사송과 달리 술이 아닌 차를 앞에 놓고 있던 적월이 물었다.

"그렇지. 뭐 빨리 달리면 닷새에도 도착할걸?"

사송이 대답했다.

"어디서부터 시작하죠?"

"이제부터 소문을 들어봐야지. 한 곳에 머무는 자는 아닐 터이니. 그전에 그자가 남긴 흔적을 찾아보면 더 좋고."

자왕 사송이 말했다.

"대체 누구일까요?"

적월이 의문스러운 표정으로 물었다.

치우의 창이 나타난 것이야 그럴 수 있다 쳐도 십이지방의 대형이었던 학사검 종선의 무공을 사용하는 자가 나타난 것은 절대 이해할 수 없는 일이었다.

"그 역시 만나보면 알겠지."

자왕 사송이 낯빛을 굳히며 말했다.

"학사검께는 정말 사문이 없으셨소?"

침묵하던 불사 나왕이 물었다.

학사검 종선에게 사문이 있었다면, 그의 무공과 비슷한 무공을 쓰는 자가 있을 수도 있었다.

그러나 자왕 사송은 이미 여러 번 학사검 종선이 일인전승의 무공을 수련한 사람이라고 말했었다.

"만약에라도 신왕 형님께 사문이 있었다면… 그건 내게는 무척 불쾌한 일이 될 것이오."

사송이 무거운 목소리로 말했다.

당연한 일이었다. 신왕 학사검 종선에게 사문이 있다는 것은 그가 십이지방의 형제들에게 자신에 대해 모든 것을 이야기하지 않았다는 뜻이 되기 때문이었다.

비록 출신은 달라도 피를 나눈 형제 못지않은 유대감을 가졌던 십이지방의 영웅들이었다. 그러니 누군가에게 비밀이 있었다는 사실은 쉽게 받아들이기 어려웠다.

"그분의 무공은 오직 구술로만 전해지나요?"

적월이 물었다.

혹 신왕 학사검 종선의 무공이 비급이나 다른 기록으로 남겨져 있을 수도 있었다. 그걸 누군가가 우연히 습득했을 수도 있는 문제였다.

"그 역시 내가 알기로는 그렇다. 일인전승의 무공이 대부분 그렇듯이 스승과 제자의 대화를 통해서만 전해지지. 너의 불파일맥 역시 그렇지 않느냐?"

사송의 말에 적월이 고개를 끄떡였다.

나왕이 자신에게 불파일맥의 무공을 전할 때도 오직 구술에 의존했기 때문이다.

"하지만 또 모르는 일이지. 신왕 형님께서 그 부분에 대해선 명확하게 말씀하신 적이 없으니까. 비급이라는 것이 남아 있을 수도… 그래서 전신극과 함께 절곡으로 추락하실 때, 품속에 지니셨던 당신의 무공비급이 함께 떨어진 것일 수도 있지. 그걸 누가 주운 것이고… 그게 지금으로서는 가장 타당한 추론 같구나."

부디 그렇기를 바란다는 듯 사송이 말했다.

그런데 그때, 문득 창문 밖 객잔 앞거리가 조금 소란해졌다. 아마도 제법 많은 수의 사람들이 이동하는 듯 보였다.

그리고 창밖에서 들려오는 소리 중 한 사람의 말이 적월 등의 귀를 쫑긋하게 만들었다.

"구패도 움직이겠지요?"

갑자기 구패라니. 무림맹 구패의 이름이 나온다는 것은 예삿
일이 아니다.

"그렇겠지. 다른 무엇도 아닌 전신극이 아니냐?"

나이 지긋한 노인의 대답이 들렸다.

그 소리를 듣는 순간 적월 등이 누가 먼저랄 것도 없이 자리
에서 일어나 창가로 다가갔다.

그러자 이십여 명의 사람이 객잔 앞에 모여 서성이는 것이 보
였다. 객잔에 들어올지 아니면 계속 길을 갈지 망설이는 듯한 모
습이었다.

허리 찬 도검, 마갑을 한 말들… 한눈에 보아도 무림인들이 분
명했다.

그런데 그렇다고 대단한 문파의 사람들은 아닌 것처럼 보이는
이유는, 명문의 고수들이 이렇게 마구잡이로 일정을 짜 움직이
지는 않을 것이기 때문이었다.

애초에 객잔 앞에서 전신극을 입에 올리는 것 자체가 이들의
행보가 신중치 못하다는 증거였다.

그런데 오히려 그 사실이 나왕 등을 더 긴장시켰다.

그리 대단치 않은 자들까지 전신극을 알고 있다는 사실은 천
산 근방에 전신극을 사용하는 자가 나타났다는 것이 전 무림에
퍼졌다는 의미기 때문이었다.

"오면서 보니 적지 않은 무림인들이 천산으로 향하고 있던데,
그냥 돌아가는 게 어떨까요? 정사 양도의 고수들이 몰려오면 아

무래도 위험하지 않겠습니까?"

일행 중 한 명이 수염을 멋들어지게 기른 자에게 물었다. 아마도 그자가 이 일행의 우두머리인 듯싶었다.

"음… 그것도 한번 생각해 봐야 할 것 같군. 사실 내가 천산으로 온 이유는 그 소문이 우리 구정문에 특별히 일찍 전해졌다고 판단했기 때문인데, 그게 아니라면 본 문은 전신극을 탐낼 위치는 아니지."

하는 소리를 들어보니 영 물색없는 사람은 아닌 듯 보였다.

자신들의 실력을 정확하게 알고 있는 자는 큰 위험에 노출되지 않는 법이다.

그런데 이 구정문의 우두머리인 듯 보이는 자는 자신의 실력을 명확하게 알고 있었다.

"그래도 구경은 할 수 있지 않을까요?"

젊은 사내 한 명이 물었다.

"구경이라… 할 수는 있겠지. 하지만 전신극이라면 구경을 하는 것만으로 위험할 수 있다."

"그래도 여기까지 와서 돌아가기엔……."

"일단 오늘은 이 객잔에서 쉬도록 하자. 이후에 며칠 상황을 지켜본 후 진퇴를 결정한다."

사내가 마치 대단히 중요한 결정이라도 내리려는 듯 신중하게 말했다.

"알겠습니다, 문주님. 그럼 객방을 잡아보겠습니다."

일행 중 한 명이 대답을 하고는 객잔 안으로 들어갔다.

뒤를 이어 구정문이라는 문파의 사람들이 줄지어 객잔으로 향했다.

"허! 이것 참. 이게 뭐지?"

구정문의 사람들이 객잔 안으로 들어가자 자왕 사송이 허탈한 표정으로 중얼거렸다.

불사 나왕과 적월 역시 아무런 말도 없이 곤욕스러운 표정을 짓고 있었다.

그러자 다시 사송이 입을 열었다.

"대체 어떻게 벌써 전신극에 대한 소문이 무림에 퍼진 걸까? 저런 중소문파의 사람들까지 몰려드는 상황이라면 이미 전 무림이 전신극의 등장을 알고 있다는 뜻인데……."

세 사람은 명안 이조로부터 청부를 받은 이후 게으름을 피우지 않았다.

물론 위치로 보자면 개봉은 천하의 동쪽에 치우쳐 있어서 서역의 초입인 천산까지 오는 길이 결코 짧지는 않았다.

그러나 그렇다고 해도, 그사이 오선 중 한 명인 명안 이조 같은 사람만이 알고 있던 전신극에 대한 정보가 전 무림에 퍼지는 것은 쉬운 일이 아니었다.

하지만 현실은 이미 구정문 같은 중소문파조차도 전신극을 찾아 천산에 몰려오고 있는 실정이었다.

"전신극을 쓰는 자가 좀 더 폭넓은 행적을 보인 듯하오."

나왕이 말했다.

"폭넓은 행적이요?"

사송이 되물었다.

"그렇소. 아마도 여러 사람들의 눈앞에 나타났을 것이오. 도저히 소문이 퍼지지 않을 수 없는 방식으로 말이오. 그렇지 않고서야……."

"음, 그렇다면 그자가 굳이 자신의 존재를 숨길 생각이 없다는 의미도 되는구려."

사송의 말에 나왕이 묵묵히 고개를 끄떡였다.

"제가 나가서 알아보고 올게요. 대체 저들이 어떤 소문을 들었는지."

적월이 자리에서 일어났다.

그러자 사송이 손을 저었다.

"아니다. 내가 나가보마."

"아뇨. 제가 나갈게요. 그래야 제대로 된 이야기를 들을 수 있을 거예요."

적월이 고개를 젓고는 문을 열고 밖으로 나갔다.

그러자 사송이 고개를 갸웃하며 나왕에게 물었다.

"지금 저 아이가 한 말 뜻이……?"

"뭐 당연한 것 아니겠소? 도검을 들고 협박할 게 아니면 지금 우리 몰골에 누가 제대로 말 상대나 해주겠소."

나왕이 무심하게 말했다.

"하아, 역시 그렇지요? 그러니까 소요, 저 녀석도 우리 몰골이 비참하다는 걸 지적한 것이지요?"

사송이 화가 난 표정으로 말했다.

"그게 어디 월을 탓할 일이겠소? 세상인심이 그런 것이고, 우리가 이렇게 생긴 걸 탓해야지."

"허어… 참! 자왕 사송이 겨우 외모로 이런 취급을 받다니……."

"새삼스러운 일은 아니잖소? 무림인들이 아닌 이상 우리가 무공을 수련했다는 것을 제대로 알아볼 사람도 없고……."

나왕이 평소에 하도 많이 당한 일이어서 특별할 것도 없다는 표정으로 말했다.

그러자 자왕이 앞에 놓인 술잔을 들며 투덜거렸다.

"제길, 왜 내 부모님은 날 이렇게 낳았을까?"

"허허, 어디 나만 하겠소?"

나왕이 허탈한 웃음을 흘렸다.

"히히, 하긴 그런 면에서는 불사 대협보단 내가 조금은……."

사송이 슬쩍 나왕의 눈치를 보며 실없이 웃음을 흘렸다.

적월이 돌아온 것은 이각여가 지난 후였다. 생각보다 빨리 돌아온 것으로 보아 객잔을 벗어나지 않고 무림에 퍼진 전신극에 대한 소문을 확인한 것이 분명했다.

"천룡표국?"

적월의 말을 듣던 자왕 사송이 되물었다.

객방으로 돌아온 적월의 입에서 나온 첫말은 장안의 대표국 천룡표국의 이름이었다.

"예, 천룡표국이요. 아세요?"

"그럼 알지. 강호에서 천룡표국을 모르는 사람은 거의 없을 걸?"

"그렇게 유명한 표국인가요?"

"장안에 터를 잡고 둔황까지의 상로를 장악한 표국이지. 자체적으로 상단을 꾸릴 수 없는 상인들은 대부분 천룡표국에 물건을 맡긴다. 그 규모가 거상들조차도 부러워할 정도여서 무서운 속도로 부를 쌓고 있지. 곧 천하제일부가 될 거란 소리도 듣고⋯⋯."

"그러니 소문이 그렇게 빨리 퍼진 거군요."

적월이 고개를 끄떡였다.

"그렇긴 한데. 거참 희한한 인물이군. 금자를 원하면 손쉬운 상대도 많았을 텐데 굳이 천룡표국의 표물을⋯ 하물며 적풍사를 피하지 않고 홀로 상대했다니. 뭐 그런 자가 있지?"

자왕 사송은 현재 변방 무림을 뒤흔들고 있는 괴고수의 행적을 듣고는 연신 고개를 저었다.

괴고수의 행보가 그가 알고 있는 강호의 상식과 너무 맞지 않기 때문이었다.

"둘 중 하나일 거요. 대책 없이 살아가는 자거나 혹은 천하의 무림인을 천산으로 끌어들이려는 것이거나."

불사 나왕이 침착하게 말했다.

"대책 없이 사는 자라⋯ 그럴 수도 있겠지만 그래도 역시 후자인 것 같구려."

자왕 사송이 경계심 가득한 표정으로 말했다.

"대체 천하무림을 천산으로 끌어들이려는 이유가 뭘까요?"

적월이 물었다.

"만약 그자가 천마 파융의 후계자이거나 혹은 구중천의 잔당이라면 이해할 수 있는 일이다. 천산은 파융과 구중천이 멸망한 곳이니 그곳으로 무림인들을 끌어들여 복수를 하려는 목적일 테니까. 하지만… 하지만 이해가 가지 않는 것은 역시 무공이야. 명안 이조의 말대로 신왕 대형의 무공이라면 구중천과는 결코 연관될 수 없는데… 하아! 정말 쉽지 않군."

자왕 사송이 길게 한숨을 내쉬었다.

"어쩔 수 없는 일이오. 그를 만나보기 전에는 풀 수 없는 수수께끼니 그를 찾기 위해 최선을 다할밖에."

불사 나왕이 덤덤한 표정으로 말했다.

제4장
무림이 움직인다

모르고 있을 때는 느껴지지 않는 것들이, 일단 알게 되면 공기의 흐름에서도 변화를 느끼게 마련이다.

천산에서 열흘 정도 떨어진 마을의 공기 역시 마찬가지였다. 객잔을 나서지 않아도, 객잔에 묵는 손님에게 음식과 술을 파는 식당에서조차 어제와 공기가 달랐다.

눈에 보이는 자들은 이상하게도 여행객이나 장사치보다 무림인이 많은 듯 느껴졌고, 밥을 먹다가 어디선가 칼이 날아들어도 이상할 것 없는 긴장감이 흘렀다.

"제길, 누가 보면 이 식당에 전신극이 있는 줄 알겠네."

아침 식사만 하고 곧바로 객잔을 떠나기 위해 모든 짐을 챙겨 나와 따뜻한 밥으로 요기를 하고 있던 자왕 사송이 투덜거렸다.

식당 안의 묘한 긴장감이 편한 식사를 방해하고 있었기 때문이다.

"하룻밤 새 분위기가 완전히 변한 것 같구려."

불사 나왕이 나직하게 말했다.

"얼른 일어납시다. 이런 곳에 오래 머물면 귀찮은 일에 얽힐 수도 있으니."

사송이 마지막 밥을 입안에 구겨 넣으며 말했다.

본래 나왕과 적월은 아침을 적게 먹는 편이라 이미 식사가 끝나 있었다.

그런데 간단하게 아침 요기를 끝내고 객잔을 나선 세 사람을 뜻밖의 사람이 불러 세웠다.

"천산으로 가시게요?"

처음 세 사람은 그 목소리가 자신들을 부르는 것이라고 생각지 않았다. 그래서 무심히 지난밤 객잔 마구간에 맡겨놓은 말을 챙기고 있는데 다시 같은 목소리가 들렸다.

"멀쩡해 보이는데 셋 다 귀가 먹었나?"

셋 다란 말에 세 사람은 목소리의 주인이 자신들에게 말을 걸고 있다는 것을 깨달았다. 그래서 당연히 셋 모두 한 방향으로 시선을 돌렸다.

"이제 보니 귀는 멀쩡하시군요? 천산으로 가세요?"

뭐 이런 녀석이 다 있나 싶을 정도로 당돌한 청년이다.

몸에는 귀해 보이는 모피로 만든 조끼를 입고 있었고, 머리에도 마찬가지로 담비나 혹은 족제비 털을 이어 만든 모자를 쓰고 있었다.

얼굴은 계집처럼 갸름하고, 눈 코 입 역시 자세히 보면 여인들의 마음을 흔들 만큼 잘생긴 청년이었다.

"지금 우리에게 말을 한 거냐?"

사송이 물었다.

"그럼 여기 누구 더 있어요?"

청년이 당돌하게 대답했다. 어찌 보면 너무 건방져서 재수 없게 느껴질 수도 있지만, 나왕이나 사송과 달리 청년의 잘생긴 외모가 그런 건방짐조차도 특별한 개성으로 느끼게 만들었다.

"처음 보는 사람에게 너무 무례한 것 아니냐?"

사송이 조금 화난 표정으로 물었다.

"처음 보는 사람에게 반말을 하는 사람도 있는데요, 뭐."

청년이 어깨를 으쓱하며 대답했다.

사송이 처음부터 자신에게 반말을 하는 것도 잘못 아니냐는 투다.

"허어, 참으로 맹랑한 놈일세. 그래! 우린 천산으로 간다. 그런데 그걸 왜 묻는 거냐?"

"역시 그렇군요. 무림의 대협님들? 아니면 여행객이신가요? 그것도 아니면 혹, 장사를 하러 가나요?"

청년이 쉬지 않고 물었다.

"그걸 왜 네게 말해줘야 하지?"

사송이 다시 물었다.

그러자 청년이 세 사람에게 다가서며 말했다.

"당연히 말해줘야죠. 천산까지의 길 안내는 길이 같아도 목적에 따라 값이 달라지거든요."

"뭐? 길 안내?"

"네, 그럼 천산까지 길잡이도 없이 가시려고 했어요?"

오히려 청년이 어이없다는 표정으로 되물었다.

그러자 사송이 손을 들어 아스라이 보이는 천산의 설봉들을 가리키며 말했다.

"산봉우리가 저렇게 보이는데 굳이 길잡이가 왜 필요하겠느냐? 산봉우리만 보고 따라가면 되는 일인데."

장안이나 난주라면 모를까, 천산의 설봉들이 보이는 곳까지 와서 길잡이를 고용하는 것은 멍청한 일이 아닐 수 없었다.

하지만 청년은 생각이 다른지 고개를 저으며 짐짓 심각한 표정으로 말했다.

"그렇지가 않죠. 천산에 가까워졌으니 더욱 길잡이가 필요하죠. 들어보세요. 만약 여행객이라면 천산에서 가장 경치가 좋은 곳으로 안내할 길잡이가 필요하고, 장사를 하시는 분들이라면 목적지까지 가장 안전하고 빨리 갈 수 있는 지름길을 안내할 수 있는 길잡이가 필요하고, 그리고⋯ 만약 무림인이시라면 역시 최근 천산 일대에서 나타났다는 그 괴인이 출몰한 곳까지 데려다 줄 길잡이가 필요한 것 아닌가요?"

듣고 보니 구구절절 옳은 말이다. 천산이 누구 집 앞마당도 아니고, 수백 리에 걸쳐 펼쳐진 산맥 속에서 제대로 목적지를 찾기 위해서는 반드시 길잡이가 필요했다.

그런데 그런 청년의 논리보다 세 사람의 관심을 끄는 말은 따로 있었다.

"지금 그가 나타났다는 곳이라고 했느냐?"

"무림인이시군요."

사송이 한 질문 하나로 청년은 적월 등이 무림인이라고 확신했다.

"눈치가 빠르구나."

"그에게 관심을 보이는 사람이라면 당연히 무림인이겠죠."

별것 아니라는 듯 청년이 어깨를 으쓱했다.

"그럼 그에 대해 잘 아느냐?"

"소문은 들으셨죠?"

청년이 제대로 흥정을 할 수 있겠다고 판단했는지 목소리를 낮추며 물었다.

"소문을 들었으니 왔겠지."

사송이 퉁명스럽게 대답했다.

"햐, 그럼 참 발 빠른 분들이군요. 아무튼 그럼 절 만난 것은 정말 행운이에요. 천산까지, 아니, 그가 나타났던 곳까지 가장 정확하고 빠르게 안내할 수 있는 사람이 바로 저니까요."

"그에 대해 얼마나 알고 있느냐?"

사송이 물었다.

그러자 청년이 고개를 저었다.

"그에 대해 알고 있는 사람은 없어요. 다만 그가 나타났던 곳을 알고 있는 사람은 몇 있지요. 그중 하나가 저고요. 전 적어도 그가 나타났던 곳 세 군데는 안내할 수 있어요. 물론 가장 최근에 모습을 드러냈던 적풍사와의 일 대 백 결전지까지 포함해서요."

청년은 마치 자신이 적풍사와 일 대 백으로 싸운 것처럼 도도하게 말했다.

"이 녀석… 사람을 다룰 줄 아는구나."

사송이 당돌한 청년의 행동이 오히려 마음에 드는 듯 말했다.

"그럼 절 고용하시겠어요?"

청년이 묻자 사송이 나왕을 바라봤다.

그러자 나왕이 고개를 끄떡이며 말했다.

"천산을 헤매는 것보다야 나을 것 같소."

나왕이 동의하자 사송이 청년에게 물었다.

"길잡이 비용은 얼마나 주면 되겠느냐?"

"그건… 시간에 따라 달라요."

"말해봐라."

"열흘에 금자 열 냥씩이에요."

"미친놈! 됐다. 그만 가보거라."

보통 길잡이의 하루 일당이 은자 한 냥 정도밖에 되지 않는다. 그런데 열흘에 금자 열 냥이면 하루에 금자 한 냥씩을 내라는 말이다. 이건 무림의 유명한 청부문을 고용하는 비용만큼이나 비싼 것이었다.

그래서 사송이 아예 더 들어볼 것도 없다는 듯 매몰차게 청년의 제안을 거절해 버린 것이다.

"아, 조금 더 들어보세요."

사송의 반응이 너무 냉정하자 청년의 얼굴에 조급함이 떠올랐다.

아마도 전신극을 찾아온 무림인이라면 자신의 조건을 모두 받아들이지는 않아도 어느 정도 흥정은 할 거라고 생각했던 모양이다.

그런데 사송이 흥정조차 할 생각이 없어 보이자 오히려 청년의 마음이 조급해진 것이다.

"아니, 됐다. 길잡이를 구하려면 노련한 자를 찾아도 하루에 은자 한 냥이면 족하다. 그런데 너 같은 애송이에게 하루 금자 한 냥을 써야 한다면, 너라면 흥정을 하겠느냐?"

"아, 이 아저씨 정말 거래라는 걸 모르네. 누가 금자 열 냥을 다 받겠어요?"

당돌한 말투는 여전해도 청년의 기가 조금 죽은 듯 보였다.

"그럼 솔직하게 바라는 금액을 말해봐라."

사송보다 먼저 불사 나왕이 청년에게 말했다.

나왕이 나선 것에 놀란 이는 오히려 자왕 사송이었다. 평소 이런 대화에는 끼어들 생각조차 하지 않는 나왕이기 때문이었다.

나왕의 질문에 청년이 나왕과 사송을 번갈아 보다가 슬쩍 입을 열었다.

"그럼… 열흘에 금자… 세 냥 정도요?"

절반 이상이 깎여 나갔다.

"끝까지 금자냐? 은자는 고려의 대상이 아니구나?"

사송이 소리쳤다.

"그럼 보름에 금자 두 냥이요. 사실 이런 말은 그렇지만 이 근방에서 나보다 뛰어난 길잡이는 없어요. 날 아는 사람은 이 가격이 절대 비싸지 않다는 걸 인정할 거예요."

청년이 크게 인심을 쓰듯 말했다.

그러자 다시 사송보다 나왕이 먼저 입을 열었다.

"금자 열 냥을 주마. 대신 우리가 원하는 기간만큼 우리를 위해 일해야 한다."

"원하는 기간만큼요?"

청년이 놀란 표정으로 물었다.

"걱정 말거라. 설마 영원히 우릴 위해 일해달라고 하겠느냐? 길어야 서너 달 정도일 것이다. 하겠느냐?"

나왕이 무심하게 물었다.

"금자 열 냥이라고 했죠?"

청년이 확인하듯 물었다.

"그래."

나왕이 고개를 끄떡였다.

"길어야… 서너 달이고요?"

"뭐… 한두 달 더 늘어날 수도 있겠지."

"한두 달 더요?"

청년이 못 미더운 표정으로 물었다.

"사람 일을 어찌 장담하겠느냐."

나왕의 말과 얼굴에는 감정이 드러나지 않았다. 그런 나왕의 모습이 청년을 조금 더 기죽게 만들었다.

청년의 얼굴에는 과연 이런 사람들을 위해 일을 해도 될까 하는 의구심이 보였다.

그러나 금자 열 냥은 무시할 수 없는 유혹이다. 그것도 이런 변방에서는 결코 쉽게 구경할 수 없는 액수였다. 그 정도 금자라면 작은 점포를 열 수도 있었다. 물론 뜨내기나 상대해야 하는 점포일 테지만.

청년이 눈동자를 굴리며 얼마간 궁리를 하다 마치 큰 인심을 쓰듯 말했다.

"좋아요. 대협들을 위해 일해 드리죠. 단, 반은 선불이요."

청년이 이건 절대 양보할 수 없다는 듯 손을 내밀며 말했다.

그러자 나왕이 망설이지 않고 품속에서 전낭을 꺼내 금전 다섯 개를 청년의 손에 건넸다.

"아유, 정말 시원시원하시군요. 누구와는 다르게……."

청년이 슬쩍 사송을 보며 말했다.

앞서 자신과 꼬장꼬장하게 거래를 하려던 사송을 비웃는 것이다.

"이 녀석아, 나도 네 고객임을 잊지 말거라."

이런 정도의 비웃음은 귀엽게 받아넘길 줄 아는 자왕 사송이다.

"아, 그렇긴 하죠. 금자를 주는 사람은 다른 분이지만. 아무튼 어디로 모실까요?"

청년이 물었다.

"어디긴. 천산이지."

사송이 짧게 대답했다.

"그러니까 천산 어디요?"

"먼저… 적풍사와 그 괴인이 격돌한 곳으로 가자."

이번에는 나왕이 대답했다.

그러자 청년이 사송과는 다르게 공손한 태도로 나왕에게 대답했다.

"알겠습니다, 대협님. 그런데 천산에 들어가려면 노숙 준비를 좀 해야겠지요?"

"물건들을 살 수 있는 곳을 아느냐?"

사송이 물었다.

"그야 물론이죠. 길잡이의 기본인데. 따라오세요."

청년이 호기롭게 말하고는 먼저 걸음을 옮기기 시작했다.

채 반나절이 지나지 않아 적월 일행은 자신들이 생각보다 유능한 길잡이를 구했다는 것을 깨달았다.

스스로 자신의 이름을 오손이라고 밝힌 청년은 천산 오지를 여행할 때 필요한 물건들을 취급하는 상점들을 빠삭하게 알고 있었다. 그리고 그 주인들과도 나이답지 않게 노련한 흥정을 했다.

상점의 주인들은 청년 오손의 요구에 처음에는 난색을 표하다가도 결국 그가 원하는 가격에 물건을 내주곤 했는데, 마치 오손에게 무슨 약점이라도 잡힌 사람들 같았다.

그래서 양식을 파는 상점에 들렀을 때, 사송은 그 주인에게 넌지시 상인들이 오손에게 쩔쩔매는 이유를 물었다.

"저 녀석이 길잡이를 하겠다고 이 마을에 나타난 것이 삼 년 전입니다. 처음에는 근거도 없고 스물도 안 된 녀석이 사막과 초원, 그리고 설산의 길잡이를 하겠다니 모두 놀렸지요. 그러나 이 녀석이 가까운 거리부터 길잡이를 시작하더니 이 년이 되지 않아 서역까지 다녀오질 않겠습니까? 더군다나 한 번 녀석에게 길잡이 일을 시킨 사람들은 반드시 녀석을 다시 찾았지요. 그래서 최근에는 성소장이나 마천가 등 큰 가문의 장사치들까지 녀석을 찾고 있습니다. 물론 녀석이 무슨 이유인지 그런 큰 상가들의 일은 하지 않지만요. 하여간 그러다 보니 우리같이 사막이나 천산을 여행하는 사람들을 대상으로 장사를 하는 사람들은 녀석의 눈치를 살피지 않을 수 없습니다. 이미 길잡이들 사이에서 크게 신망을 얻고 있어서 녀석에게 잘못 보이면 이 장사를 거둬야 할 판이니까요."

"아니, 저 어린 녀석이 말입니까?"

"글쎄, 나이만으로 판단할 일이 아니라니까요. 얼마나 영악하고 셈이 밝은지… 더군다나 정말인지는 모르지만 칼도 제법 쓴다고 하더라고요."

"칼을요?"

칼을 쓴다는 말에 사송이 놀란 표정으로 되물었다.

무공 고수인 사송의 눈에는 미청년 오손에게서 무공을 수련한 흔적이 보이지 않았기 때문이다.

하지만 상점 주인은 확신을 가지고 다시 이야기했다.

"들리는 소문에 의하면 웬만한 마적 서너 명은 너끈히 상대한다고 하더라고요. 그러니 나이는 어리지만 여기 장사치들도 오손에게 감히 장난칠 생각을 하지 못하지요. 그런 면에서 보자면 손님들은 참 좋은 길잡이를 구하신 겁니다."

"뭐, 그렇다면 다행이고… 하긴 적지 않은 대가를 치르고 구한 길잡이니 그 정도는 돼야지."

사송이 오손에게 주기로 한 금자 열 냥을 떠올리며 말했다.

"얼마나 주시기로 하셨는데……?"

상점 주인이 오손이 받기로 한 대가에 관심을 보였다.

"그건 알아서 뭐 하시려 그러오?"

사송이 퉁명스럽게 되물었다.

"아, 뭐 그냥 궁금해서……."

상점 주인은 자신이 오지랖 넓게 관심을 보인 것을 깨닫고는 머리를 긁적였다.

그사이 식량 자루들을 말에 실은 오손이 상점 주인에게 다가서며 물었다.

"모두 얼마예요?"

"알잖아? 저 정도면 금자 두 냥은 받아야지."

상점 주인의 대답에 청년 오손이 사송을 보며 말했다.

"중원에 비하면 비싼 듯 보이지만 이곳에선 곡식이 귀해요. 금자 두 냥이면 적당한 가격입니다."

"걱정 마라. 곡식 귀한 동네인 건 잘 아니까."

사송이 대답을 하고는 품속에서 금자 두 냥을 꺼내 상점 주인에게 건넸다.

"아이고, 감사합니다. 손아, 너도 고맙다. 매번 이렇게 손님을 모시고 오니."

"고맙긴요. 그래도 아저씨가 가장 정직한 편이니까 오는 거죠."

"오냐. 천산으로 간다고?"

"지금 이곳에 오는 모든 사람들이 그곳으로 가잖아요."

청년 오손이 시선을 돌려 멀리 있는 천산 봉우리들을 보며 말했다.

"하긴 그렇지. 그러니 조심해라. 심상치가 않더라. 천산으로 향하는 자들 거의 대부분이 무림인이야."

"걱정 마세요. 제 살길을 제가 찾을 수 있으니까요."

오손이 자신 있게 대답했다.

"하긴 네 실력이야 이미 모두 알고 있지. 아무튼 대협, 길잡이 하나는 정말 잘 구하셨습니다."

상점 주인이 다시 사송에게 오손을 칭찬했다.

"정말 그런지 어디 두고 봅시다."

말을 그렇게 했지만 사송도 이미 자신들이 제법 괜찮은 길잡이를 구했다는 것을 내심으론 인정하고 있었다.

마을을 벗어나자 일행은 묘한 풍경을 마주했다.

한쪽으로는 하늘에 닿을 듯 높은 산봉우리들이 끝없이 이어진 듯 보였고, 다른 한쪽으로는 푸른 초원이 역시 끝을 알 수 없을 곳까지 펼쳐져 있었다.

서로 상반된 두 개의 세계가 부딪히듯 펼쳐진 풍경에 적월 일행이 잠시 걸음을 멈추고 이 묘한 풍경을 즐겼다.

"여행하기에는 좋은 곳이야."

사송이 중얼거렸다.

"물론 이곳의 혹독한 기후를 이겨낼 수 있다면 그렇죠."

오손이 대꾸했다.

"이미 우리가 어떤 사람인지 파악했을 텐데? 우린 추위와 더위에 신경 쓰는 사람들이 아니란다."

사송이 되물었다.

"무공으로 해결되지 않는 것들도 있죠."

"그래? 어떤 것들이지?"

"두고 보면 아실 거예요. 절 만난 것이 행운이라는 걸요. 가죠."

오손이 대답을 하고는 먼저 말을 몰아 앞으로 나갔다.

"허, 저놈 참, 우리가 무림인인 줄 알면서도 기가 죽지 않네. 호랑이 간을 빼 먹었나… 야! 이놈아, 같이 가자."

사송이 오손과 좀 더 말을 하고 싶은지 재빨리 오손을 따라붙으며 소리쳤다.

"마음에 드나 봐요."

어느새 오손과 어깨를 나란히 하고 있는 사송을 보며 적월이 미소를 지었다.

"나도 마음에 든다."

"예?"

"저 아이 말이다."

나왕이 오손을 가리키며 말했다.

"흠… 뛰어난 길잡이라는 건 알겠는데, 설마 다른 이유가 있나요?"

"아마도……."

"뭐가 사부님의 마음에 들었을까요?"

적월이 고개를 갸웃하며 중얼거렸다.

그러자 나왕이 잠시 침묵을 지키다가 입을 열었다.

"…살아남은 것!"

"예?"

"저 아이가 살아남은 것이 마음에 드는구나."

나왕의 말에 적월은 나왕이 무슨 말을 하는지 제대로 이해하지 못해 나왕을 보며 다시 물었다.

"저 친구가 누군지 아세요?"

"아니, 모른다. 하지만… 어느 곳 출신인지는 짐작하고 있다."

"출신을 짐작하신다고요? 설마… 무림인이란 건가요?"

"글쎄… 그렇게 말할 수도 있고, 아닐 수도 있고……."

나왕이 말을 흐렸다.

"무슨 말씀을 하시는지 통 모르겠어요."

"일단 가면서 이야기하자."

나왕이 멀어진 사송과 오손을 따라붙기 위해 말을 몰아 앞으로 나가며 말했다.

이십여 년 전까지만 해도 천산 깊은 곳에 청안족이라는 기이한 일족이 살았다.

평소에는 보통 사람들처럼 검은 눈동자를 가지고 있지만, 흥분을 하거나 정신을 집중하면 눈동자가 푸른색으로 변한다고 해서 붙여진 이름이었다.

이 일족의 특징은 강한 생존력이었다. 이들은 사막이나 혹한의 추위 속에서 살아남는 방법을 본능적으로 알고 있었다.

아무런 준비 없이 맨몸으로 사막을 횡단할 수 있었고, 천산 꼭대기에 홑겹의 옷을 입고 남겨두어도 살아 내려올 수 있는 능력을 지닌 사람들이 청안족이었다.

그런 능력으로 인해 이들을 찾는 사람들이 많았다. 그들 대부분이 험한 땅을 여행하려는 사람들로서 길 안내를 부탁하기 위해 청안족을 찾았다.

청안족 한두 사람과 동행하면 어떤 곳이든 죽지 않고 무사히 여행할 수 있었기 때문이다.

그런데 그런 그들의 능력이 전혀 다르게 쓰인 시기가 있었다. 그리고 그로 인해 청안족은 화려한 영광 뒤에 비참한 종말을 맞았다.

화려한 종말, 그 말처럼 어울리는 말이 없을 것이다. 칠마의 난이 바로 그 화려한 종말을 청안족에게 선물한 사건이었다.

칠마와 십육마문의 난이 시작되자 정사양도를 불문하고 강호의 수많은 문파들이 청안족을 찾았다.

특히 변방 오지에서의 싸움에서는 청안족의 도움을 받는 쪽이 절대적으로 유리했다. 일단 청안족이 길잡이를 하면 보통 때는 도저히 지날 수 없는 길을 뚫어 적을 기습할 수 있었다.

예를 들면 천마 파융과 구중천을 전멸시킨 천산대전 역시 그랬다.

무림맹은 청안족의 노련한 길잡이들을 고용하여 구중천이 전혀 예상할 수 없는 설산의 지름길을 타고 이동해, 천마 파융이 예측한 것보다 이틀 먼저 구중천을 공격함으로써 천산대전을 승리로 이끌 수 있었다.

십이지방 고수들이 전신극을 훔쳐낸 것과 더불어 청안족의 길 안내가 세상에 알려지지 않은 천산대전 승리의 결정적인 요인이었다는 것을, 당시 무림맹 수뇌들 중 부인할 사람이 없었다.

"그런데 왜 멸망을 한 거죠?"

나왕으로부터 청안족에 대한 이야기를 듣고 있던 적월이 물었다.

어떤 곳에서도 살아남을 수 있는 생존력, 누구보다 빠르게 길을 찾을 수 있는 본능적인 육감… 그런 능력을 가지고 있는 사람들이 완전히 멸족했다는 것은 쉽게 이해가 가지 않았다.

"두려움 때문이지."

나왕이 대답했다.

"두려움이요?"

"음… 어떤 면에서 보자면 십이지방과 비슷한 경우일 수도 있는데, 다른 점은 청안족의 경우 그들을 공격한 흉수들이 명확했다는 것이다."

"누군가의 공격으로 멸족했다는 거군요."

"천산대전으로 천마와 구중천을 잃은 십육마문은 마인 중의 마인들을 모아 청안족을 공격했다. 천마대전의 패배 이유가 청안족 때문이라고 생각한 거지. 복수의 명분도 있었지만, 한 번 당한 일을 두 번 당하지 말란 법이 없으니까. 다시 또 청안족이 무림맹을 위해 일하는 것은 막기 위함이기도 했다. 천산대전으로 세력이 크게 약화되었다고 해도, 전력을 기울여 일거에 밀고 들어오는 십육마문의 공격은 아무리 생존에 탁월한 재능을 가진 청안족이라고 해도 막아낼 수 없었다."

나왕의 말에 적월이 다시 고개를 갸웃했다.

"그게… 그래도 이해가 안 되네요."

"뭐가 말이냐?"

"십육마문의 전력이 움직였다면 분명 무림맹에서도 눈치를 챘을 텐데 왜 가만히 있었죠?"

"그것이 바로 강호무림의 비정함이다."

"무림맹이 청안족이 멸망하는 것을 방치했다는 건가요?"

"두 가지 이유에서였다. 첫째, 청안족은 무림맹에 속한 사람들이 아니었다. 그들이 무림맹 고수들을 위해 일한 것은 대가를 받고 한 거래의 일환이었지. 그러니 굳이 무림맹이 그들을 구하기 위해 위험을 감수할 이유가 없었다."

"그야말로 비정하군요."

적월이 나왕이 했던 말을 그대로 반복했다.

"그렇다. 비정한 일이지. 하지만 그것이 강호임을 부정할 수 없다."

"두 번째 이유는요?"

적월이 물었다.

"두 번째 이유는 무림맹조차도 청안족을 두려워했기 때문이다. 대가를 충분히 치르면 언제든 자신들의 적을 위해서도 일할 수 있다고 생각하고 있었으니까."

"결국 뛰어난 재주가 자신들을 몰락시킨 거군요."

"그렇다고 봐야지."

나왕이 고개를 끄떡였다.

적월이 잠시 침묵을 지켰다. 청안족의 운명과 그의 친부모가 속했던 십이지방의 혈월야가 닮은 구석이 있었기 때문이다.

그러고 보니 혈월야의 배후에 새삼스레 관심이 가는 적월이었다.

"십육마문의 소행일 수도 있을까요?"

적월이 잠깐의 침묵을 깨고 물었다.

"혈월야?"

"예."

"뭐… 아니라고는 말할 수 없지. 그러나 내 육감으로는……."

"아니라고 보시는 거군요."

"십육마문의 소행이었다면 그렇게 완벽하게 흔적을 감출 수 있었을까? 아니, 굳이 그들이 흔적을 감출 이유가 없지."

"하긴 그래요. 오히려 자신들이 한 일이라고 강호에 떠벌렸을 거예요. 자신들의 일을 방해한 자들에 대한 복수를 알리기 위해서요."

"맞다. 그래서 그들은 아닌 것 같구나."

"후우… 그럼 역시……."

"두고 보자. 이 일은 조급해할 일이 아니다."

"알겠어요. 아무튼 그래서 오손이라는 저 친구가 바로 청안족 출신이란 거죠?"

"그래. 다른 사람은 몰라도 난 그걸 알아볼 수 있다. 신응조로 활동하면서 청안족을 여럿 만나봤으니까. 함께 활동한 적도 있고… 그들을 생각하면 늘 마음이 편치 않았다."

나왕의 표정에서 약간의 죄책감이 느껴졌다. 아마도 함께 일했던 청안족의 멸망에 아무런 도움도 주지 못한 것에 대해서 미안한 마음을 갖고 있는 것 같았다.

"그래서 저 친구를 고용하신 건가요?"

"뭐, 겸사겸사. 사실 길잡이로는 최고의 길잡이니까."

"사람들은 모를까요?"

"뭘?"

"저 친구가 청안족이라는 사실을요."

"아마… 모를 거다. 과거 청안족이 가지고 있던 특징들을 일부러 지운 것 같으니까. 오직 눈빛에 변화가 있을 때만 사람들이 알아챌 수 있을 것이다. 하지만 그 역시 감추는 연습을 한 것 같고, 설혹 드러난다 해도 찰나의 순간이니 누군가 알아보는 것이 쉽지는 않겠지."

나왕이 말했다.

"자신의 정체를 감춘다는 것은 여전히 위험하다고 생각하는 것이겠지요?"

"혹은… 세상을 믿지 못하는 것이겠지. 아무튼 다행이구나. 청안족의 명맥이 완전히 끊어지지 않았으니."

나왕이 조금 더 속도를 높여 사송과 미청년 오손을 따라붙으며 말했다.

*　　　　　*　　　　　*

골이 깊은 골짜기인 듯하지만 내려와 보면 초원처럼 넓었다. 고개를 들어보면 막막한 설봉들이 사방에 들어차 있어서 답답한 구석이 없지 않았지만, 하늘만 올려다보지 않으면 그런 답답함은 금세 사라지는 풍경이다.

사송의 넋두리처럼 사람이나 풍경이나 너무 높은 곳을 보고 살지만 않으면 만사가 편안한 법이어서 산 아래 풍경만 바라본다면 이보다 좋은 곳도 없을 것 같았다.

"저기요."

길잡이 청년 오손은 확실하게 자신의 일을 해냈다.

아마도 그가 아니었다면 족히 보름은 걸렸을 장소로, 오손은 칠 일만에 십이천문의 세 사람을 데려왔다.

천산까지야 그런대로 길잡이 없이 올 수 있다 해도, 전신극을 사용하는 괴인이 홀로 적풍사 일백 마적을 상대했다는 이 계곡까지 찾으려면 꽤 오래 시간을 잡아먹었을 것이다.

그런 곳을 오손은 마치 자기 집 정원을 산책하듯 편하게 이동해, 이 소문의 장소로 일행을 안내했던 것이다.

"벌써 한 달은 지났을 텐데 흔적이 남아 있을까요?"

적월이 오손이 가리킨 지점을 살피며 나왕에게 물었다.

"바람이 없는 곳이다. 누가 일부러 덮지 않았다면 그런대로 흔적이 남아 있을 것이다."

나왕이 대답했다.

"가봅시다."

일행 중 가장 마음이 급한 사람은 자왕 사송이었다.

괴인이 남긴 것들에서 십이지방의 대형인 신왕 학사검 종선의 무공 흔적을 찾을 수 있을지 모른다는 생각 때문이었다.

그는 그 마음 그대로 말에 박차를 가해 계곡을 가로지르기 시작했다.

"아무리 생각해도 성질이 급해서."

오손이 초원을 달려가는 자왕 사송을 보며 고개를 저었다.

"그래도 실수는 없는 분이시지."

적월이 대꾸했다.

칠 일간의 여행 동안 두어 살 차이가 나는 두 사람은 제법 가까워진 상태였다. 그래서인지 자연스레 적월이 나이 어린 오손에게 말을 편하게 하고 있었다.

"그러게요. 어떤 때는 무척 날카로우시더라고요. 그래서 가끔 무섭기도 하고……."

그렇게 말은 했지만 오손은 자왕 사송을 전혀 무서워하는 것 같지 않았다.

"무서운 사람은 따로 있지."

"그야……."

적월의 농담에 오손이 함부로 웃지 못하고 나왕의 눈치를 살폈다.

적월이 말한 진짜 무서운 사람이 나왕이라는 것을 이미 눈치채고 있었기 때문이다.

배포가 제법 큰 오손도 여행을 하는 동안 나왕의 기세에 온전히 기가 죽어 있는 상태였다.

"우리도 가자."

자신을 두고 적월과 오손이 농을 주고받아도 나왕은 아무런 반응 없이 길을 재촉했다.

마치 눈 위를 걸은 듯 길게 일자로 이어진 발자국, 물론 발자국의 깊이는 장소에 따라 조금씩 달랐다.

어느 곳은 발목까지 땅을 파고 들어가 깊은 흔적을 남겼고, 또 어느 곳은 거의 흔적이 보이지 않을 정도로 얕았다.

그건 발자국의 주인이 앞으로 걸어나가며 수시로 몸의 무게를 변화시켰다는 뜻이 된다.

무인의 입장에서 보면 내공을 쓰는 힘이 변화했다는 뜻이다.

그럼에도 방향이 흐트러지지 않은 것은 이 발자국의 주인이 절대적인 무공을 지니고 있는 고수임을 증명한다.

"놀라운 무공이군."

평소에 감정의 변화가 크지 않은 불사 나왕조차 초원에 남겨진 발자국을 보며 감탄했다.

"어떻게 한 달이 지났는데 이렇게 선명하죠? 아무리 이곳이 바람이 불지 않는 곳이라 해도……."

적월이 바로 어제 찍힌 듯 선명한 발자국들을 바라보며 중얼거렸다.

"내공의 힘이지. 단지 땅을 눌러 발자국을 남기는 것뿐 아니라, 발자국 주변의 흙들을 순간적으로 굳게 만든 것이다."

"습기를 없앴다는 거군요."

"그렇지. 극양은 아니어도 양기가 충만한 자의 흔적이다."

나왕은 단지 발자국을 보는 것만으로 이 발자국을 남긴 사람의 무공을 추측했다.

그사이에 자왕 사송은 땅 위에 남겨진 발자국뿐 아니라 다른 흔적들도 하나하나 세세히 살피고 있었다.

죽은 마적들의 시신은 적풍사가 다시 와서 회수해 갔는지 하나도 남아 있지 않았다. 대신 곳곳에 괴인이 남긴 것으로 보이는 무공의 흔적은 여럿 남아 있었다.

사송은 그런 흔적들에서 십이지방의 대형이었던 신왕의 무공 흔적을 찾고 있었다.

이곳까지 십이천문의 사람들을 안내해 온 오손은 조금 떨어진 곳에서 팔짱을 낀 채 십이천문 사람들의 행동을 유심히 바라보고 있었다.

일단 길 안내가 끝나자 십이천문의 일에는 전혀 관여하지 않는 오손이었다. 어찌 보면 매정하기도 하지만 적월 등의 입장에서는 오히려 편한 면도 있었다.

적월 등 십이천문 사람들은 근 반시진 가까이 전신극을 쓰는 것으로 알려진 괴고수가 적풍사 일백 마적들을 상대한 흔적들을 살폈다.

그리고 조사의 시작을 자왕 사송이 한 것처럼, 그 끝도 자왕 사송이 마무리 지었다.

"이 정도면 충분한 것 같소이다."

자왕 사송이 한순간 홀쩍 몸을 날려 적월과 나왕 곁으로 다가서며 말했다.

그러자 나왕이 물었다.

"어떻소이까?"

"음… 글쎄, 뭐라고 대답하기가……."

자왕 사송이 대답을 망설였다.

"아예 흔적이 없는 것은 아니군요?"

적월이 물었다.

자왕 사송이 대답을 망설이는 것은 신왕의 흔적이 아예 없다는 것이 아니라는 뜻이었다.

"단정할 수 없구나. 다른 곳도 봐야 할 것 같아. 잠깐 나 좀 보지."

자왕 사송이 멀찍이 떨어져 있는 오손을 불렀다.

그러자 오손이 재빨리 일행 곁으로 다가섰다.

"혹, 이 괴고수의 무공 흔적이 명확하게 남아 있는 곳이 있을까? 이자가 출몰했던 곳을 세 곳 안다고 했지?"

오손이 자신 있게 말했다.

"그렇다면 귀령곡이 좋겠어요."

"어떤 곳이지?"

"그곳 역시 이 괴고수가 적풍사의 마적 열 명을 벤 곳입니다."

"그럼 이곳과 다를 바 없잖아?"

자왕 사송이 실망한 표정으로 말했다.

그러자 오손이 고개를 저었다.

"그게 좀 달라요."

"어떻게 다르다는 거냐?"

"귀령곡은 이곳과 달리 오랜 세월 지나면서 흙이 돌처럼 딱딱하게 변한 곳이지요. 마치 바위처럼 변했다고 할까요. 그래서 이곳보다는 무공의 흔적이 좀 더 명확하게 남아 있을 거예요. 물론 발자국은 없겠지만……."

"하지만 겨우 적풍사 열 명을 벤 곳이라면 이런 절대고수가 제대로 흔적을 남겼겠느냐? 백 명을 상대하고도 겨우 이 정도인데……."

괴고수의 실력으로 보자면 열 명의 마적을 상대하는 데는 단 십 초의 공격도 필요치 않았을 것이다. 그러니 제대로 된 무공의 흔적이 남아 있기는 어려웠다.

하지만 오손은 그런 자왕 사송의 판단을 부정했다.

"그렇지가 않아요. 이자가 그곳에서 죽인 사람이 바로 적풍사의 수괴 악마검 갈탄의 아들 갈천과 그 호위들이었거든요. 이자들은 보통 마적들이 아니에요. 갈천은 이미 무공으로 그 아비를 넘어선 고수라고 알려졌고, 그를 지키는 호위들은 적풍사에서도 고르고 고른 강자들이거든요."

"그래? 그렇다면… 이곳보다 나을 수 있겠군. 단단한 절벽에 남겨진 무공의 흔적은 좀 더 선명할 테니까. 그리로 갈까요?"

자왕 사송이 불사 나왕에게 물었다.

그러자 불사 나왕이 망설이지 않고 대답했다.

"가봅시다."

제5장
옛사람의 흔적

"이렇게 새로운 판이 시작되는 겁니까?"

육십 전후로 보이는 초로의 사내가 노인에게 물었다. 그러자 선풍도골이라는 말이 어색하지 않은 백미백염의 노인이 대답했다.

"계획대로 된다면."

"정천의 생각을 모르겠군요."

"뭘 말이냐?"

"왜 이 계획에 동의했을까요? 자신의 힘이 약해진다는 것을 알면서……."

"후후, 넌 아직 모르는구나. 우리 삼천의 관심사가 무엇인지……."

노인이 가볍게 웃음을 흘렸다.

"군림… 아닙니까?"

"어리석은 생각."

노인이 초로의 사내를 마치 어린애 대하듯 말했다.

"그럼 대체 세 분께 중요한 것은 무엇입니까?"

"재미다."

"예?"

"인생을 살아가는 재미, 세상의 강자들을 말(馬)로 쓰는 장기판… 군림은 단지 그 장기판의 승패에 따라 승자에게 주어지는 짧은 여흥일 뿐. 우린 다시 새로운 장기판이 필요하게 되고 만다."

"천하가… 장기판."

초로의 사내가 두려운 표정으로 중얼거렸다.

"세상에서 가장 견디기 힘든 게 뭔 줄 아느냐?"

"……"

초로의 사내가 침묵을 지켰다.

"그건 바로 무료함이다. 우리 세 사람도 역시 마찬가지. 인간은 무료함을 견디기 위해서는 뭐든 할 수 있는 동물이지. 저자거리의 비렁뱅이도, 신의 영역에 도달한 절대고수도 무료함은 참지 못한다. 그것이… 신이 인간에게 준 또 하나의 형벌이랄까."

"다시 무료하시다는 거군요."

"음……"

"그럼에도 이번에는 제 사람들이 상하는 일이 없었으면 합니다."

"선을 넘지만 않으면."

노인이 대답했다.

"어떤 경우라도 부탁드립니다."

초로의 사내가 고집을 피웠다.

그러자 노인이 뜻밖이라는 듯 사내를 바라봤다.

"그 말의 의미를 제대로 듣고 싶구나."

"짐작하시리라 생각합니다."

"설마… 삼천의 권위에 도전하겠다는 거냐?"

"필요하다면……."

초로의 사내가 부정하지 않고 대답했다.

그러자 노인이 갑자기 큰 웃음을 터뜨렸다.

"하하하! 이거 생각지 못한 변수인걸? 내가 예상치 못한 일이 일어나다니 정말 즐거운 일이구나."

"저 따위는 안중에도 없다는 뜻입니까?"

초로의 노인이 씁쓸한 표정을 지으며 물었다.

"아니, 아니다. 네 능력이 이제 우리와 버금가는 것을 안다. 그래서 재미있다는 것이야. 삼천의 놀이에 한 명의 참가자가 더 생기다니. 좋아. 건투를 빌겠다. 이번에 제대로 놀아주면 너 역시 하나의 하늘로 받아들여질 것이다. 하지만……!"

갑자기 노인의 표정이 단호해졌다.

"말씀하십시오."

"이 놀이의 규칙을 되새겨야 할 것이다. 이 놀이의 규칙 중 하나는 바로 삼천을 제외한 그 누구도 도구의 역할에서 예외가 없다는 것이다. 인정은 개입될 수 없다. 그러니……."

"제 사람들의 희생도 감수해야 한다는 뜻이군요."

"그렇다. 네 사람이 죽어도 다른 하늘을 원망하면 안 된다. 이 것이 바로 이 놀이의 규칙이다."

"제가 죽어도 사부께서 다른 하늘을 원망할 수 없듯이 말이 군요. 그날처럼……."

"그렇지. 이미 한 번 겪지 않았느냐?"

노인의 말에 사내가 아픈 표정을 지으며 대답했다.

"그렇군요. 이미 한 번 겪은 일인데 제가 그걸 잊고 있었군요. 제자가 어리석었습니다."

"너의 가장 큰 단점은 바로 인정이 많다는 것이다. 그래서는 하늘이 될 수 없어. 본래 신(神)은 인간의 운명에 대해선 가혹한 존재라는 걸 잊지 말거라."

"…그러나 우린… 신이 아니지요. 삼천 역시……."

사내가 대답했다.

그 순간 노인의 눈에 잠시 노기가 서렸으나 이내 그 노기는 사라지고 다시 부드러운 신선의 모습으로 돌아갔다.

"후후… 맞아. 신은 아니지. 그래서 이런 놀이도 하는 거겠지. 신이 설마 사람의 운명을 두고 내기를 하지는 않을 테니까. 후후 후!"

노인의 웃음소리에 초로의 사내가 알 수 없는 느낌의 눈빛으로 묵묵히 고개를 끄떡였다.

*　　　　*　　　　*

바람이 금방이라도 계곡 밖으로 귀신과 악마들을 풀어놓을 것 같았다. 어두운 계곡 안쪽에서 귀신 들린 것들이 가득 들어차 있는 것처럼 괴기스러운 소리가 들려왔다.

보이지 않는 세계에서 들려오는 귀곡성에 노련한 고수인 사송조차도 몸서리를 쳤다.

"젠장, 이름값 하네."

귀곡성을 만들어내는 바람의 계곡을 보며 사송이 투덜거렸다.

"예로부터 귀신이 나오는 곳이라고 해서 사람들이 거의 찾지 않는 곳이죠. 뭐, 이 근방에 사는 사람도 없지만요."

오손이 말했다. 그런데 표정을 보면 오손은 이 귀령곡을 그리 두려워하는 것 같지 않았다.

"들어가 봤냐?"

사송이 겁을 먹지 않는 오손을 보며 물었다.

"그럼요. 가끔 와요. 그러니까 길 안내를 쉽게 하는 거죠."

당연한 걸 물어본다는 듯 오손이 대답했다.

"안에 뭐가 있지?"

"그냥 계곡이에요. 단지 빛이 잘 들지 않아서 독충들이 좀 있고… 가끔은 귀한 버섯을 만나기도 하죠. 하지만 그것보다 더 중요한 게 있어요."

"뭐가 있는데?"

"운이 좋으면 혈사(血蛇)를 만날 수도 있죠."

"뱀?"

"예. 계곡 안쪽에 뱀 굴이 있는데 찾긴 어렵지만 가끔 혈사가 잡히기도 하죠. 영약이라 의원이나 무림인 모두에게 비싸게 팔

수 있어요."

"그럼 땅꾼이나 오는 곳인데 왜 적풍사의 작은 주인은 이곳에
왔다가 그자에게 변을 당한 거지?"

사송이 고개를 갸웃하며 물었다.

적풍사의 작은 주인이라는 악마검 갈탄의 아들 갈천이 이곳까
지 와서 전신극의 주인에게 목숨을 잃은 것을 이해하기 어렵다
는 표정이었다.

"그거야 저도 알 수 없죠, 그자가 왜 이곳에 왔는지. 들리는
소문으로는 적풍사가 약탈한 보물을 이곳 어딘가에 숨겨놨다
고 하는데, 땅꾼들이 가끔 들르는 곳이라 그럴 리는 없을 것 같
고… 혈사를 잡으러 왔을 수도 있죠."

오손이 퉁명스럽게 대답했다.

"하긴 네 녀석이 그 이유를 알 수는 없겠지. 아무튼 들어가
보자."

"따라오세요."

오손은 정말 아무런 두려움 없이 어두운 귀령곡으로 성큼성
큼 걸어 들어가기 시작했다.

"하여간 계집애같이 생겨서 간덩이가 보통이 아냐."

사송이 고개를 저으며 오손의 뒤를 따르기 시작했다.

적월과 나왕은 두 사람과 조금 떨어져서 주위를 살피며 귀령
곡 안으로 들어갔다.

완벽한 침묵, 십이천문의 세 고수는 자신들이 전혀 다른 세상
에 들어온 것 같은 느낌을 받았다.

계곡 밖으로 귀신들이 울어대는 듯한 소리를 토해내던 귀령곡이 막상 안으로 들어오자 어떤 소리도 들리지 않는 침묵의 세계로 변했기 때문이다.

"어떻게 된 거지?"

오손을 따라 걸으며 사송이 의아한 표정으로 중얼거렸다.

"바람은 계곡 위쪽으로 불어요. 소리는 그 위에서 나는 거고요."

오손이 말했다.

"그래도 묘하구나. 소리가 위에서 만들어진다고 아래까지 들리지 않는 것은 아닐 텐데. 뭐가 막고 있는 것도 아니고……."

"바람이 막고 있잖아요."

오손이 다시 퉁명스레 대답했다.

"바람이 소리를 막는다고? 그게 무슨 강아지 풀 뜯어 먹는 소리냐?"

바람은 공기의 흐름일 뿐 소리를 막지는 못한다.

"이유는 나도 모르고요. 어쨌든 귀곡성이 들리지 않는 것은 사실이잖아요?"

오손이 되물었다.

"그렇긴 하지만……."

하긴 오손이 그 이유까지 밝혀낼 책임은 없었다.

"다른 이유가 있다면 찾아보시든지요."

"그럴 시간이 어디 있느냐."

"하긴 그러네요. 다 왔어요. 여기예요."

오손이 귀령곡의 소리에 대한 이야기는 더 할 생각이 없는지

손을 들어 앞을 가리키며 말했다.

반경 십여 장, 기와지붕 처마처럼 기울어져 있던 절벽이 조금 열려 제법 빛이 강하게 들어오는 공터였다.

단단하게 굳은 흙과 바위들이 계곡의 바닥과 양옆으로 치달아 오르며 끝없는 절벽을 이루고 있었고, 그 바위와 단단하게 굳은 흙 중간중간 날카로운 것에 파인 듯한, 혹은 번개를 맞은 듯한 자국들이 남아 있었다.

"음… 제대로 온 것 같군."

사송이 그 흔적들을 보며 말했다.

"그럼 일들 보세요. 전 좀 쉴게요."

자신이 할 일은 다했다는 듯 오손이 손을 흔들어 보이고는 계곡의 그늘로 들어가 널찍한 바위에 벌렁 드러누웠다. 지난 며칠간 쉬지 않고 이동한 덕에 무척 피곤한 모양이었다.

"팔자 좋은 녀석."

아무 데라도 편하게 드러눕는 오손을 보며 사송이 부러운 듯 중얼거렸다.

"그 아이 말대로 일부터 합시다."

나왕이 사송을 재촉했다.

"그럽시다. 급한 일은 따로 있으니까."

사송이 계곡 곳곳에 남겨진 상흔들을 향해 다가서며 말했다.

무공의 흔적은 흐릿한 어둠 속에서도 찾을 수 있었다. 절벽의 상흔만으로도 괴인의 무공은 그 위력을 고스란히 드러냈다.

또한 빛이 없는 곳에서도 마치 무공의 흔적이 스스로 빛을 내는 것 같아서 그늘 속에 있는 상흔을 살펴보는 것은 전혀 어려운 일이 아니었다.

그런데 그 명확한 무공의 흔적을 한동안 살펴보던 사송의 입에서 욕설이 흘러나왔다.

"젠장……! 이런 빌어먹을 일이 있나."

퍽!

탄식과 욕설을 내뱉으며 사송이 자신의 기병을 절벽 깊이 꽂아 넣었다.

그의 기병이 두부에 꽂히듯 단단한 절벽을 뚫고 들어갔다.

그의 갑작스러운 행동에 바위에 누워 잠을 청하는 듯했던 오손조차 슬며시 몸을 일으켰다.

"숙부님!"

사송의 행동에 놀란 것은 적월도 마찬가지였다. 적월이 급히 사송의 곁으로 다가서며 그를 불렀다.

"제길!"

적월이 다가왔음에도 사송이 다시 욕설을 뱉었다.

"맞나요?"

적월이 떨리는 목소리로 물었다.

"음……."

사송이 인정하기 싫지만 인정할 수밖에 없다는 듯이 신음 소리와 함께 고개를 끄떡였다.

"어떻게 이런 일이… 설마 했는데."

적월이 믿기 어렵다는 듯이 말을 잇지 못했다.

"애초에 운중학 곤의 의견이 있었다. 생각해 보면 그는 절대

함부로 입을 열 사람은 아니지. 그에게서 나온 말이라면 사실 이런 조사조차 불필요했을지도 모른다."

두 사람 곁으로 다가선 불사 나왕이 말했다.

그는 아마도 전신극을 사용하는 괴인의 흔적을 조사하기 전부터 그자가 십이지방의 대형 신왕 학사검 종선의 무공을 사용한다는 운중학 곤의 판단을 믿고 있던 모양이었다.

단지 필요했던 것은 명확한 증거였을 뿐.

"도저히 이해할 수가 없는 일이야……."

사송이 자신의 눈으로 확인한 사실을 믿을 수 없다는 듯 고개를 저으며 중얼거렸다.

"그렇다면… 만에 하나라도 백부께서 살아 계신 걸 수도……."

"글쎄… 하지만 살아 있다면 왜 지금껏 날 찾아오지 않았겠느냐?"

사송이 반문했다.

"그렇긴 하지만……."

적월이 말꼬리를 흐렸다.

그러나 일인전승의 무공, 오직 구술로만 전해지는 신왕의 무공을 사용하는 자가 나타났다. 신왕이 살아 있는 것이 아니라면 쉽게 설명되지 않는 상황이었다.

"어쩔 수 없이 한 번은 만나야 되겠군."

불사 나왕이 말했다.

그의 말에 적월과 사송이 침묵으로 동의했다.

그런데 그때, 갑자기 오손이 바위 위에 앉은 채 말했다.

"그 사람에게 데려다주는 건 계약에 없는 겁니다."

"뭐?"

사송이 뜨악한 표정으로 되물었다.

"세 군데 정도… 그 괴고수가 나타난 곳까지 모셔다 드리는 것이 계약 내용이었다는 뜻입니다. 그 사람을 찾아주는 건 제 일이 아닙니다."

"뭘 오해하고 있구나."

오손의 말에 사송보다 먼저 나왕이 입을 열었다.

"뭘 말이죠?"

나왕에게만큼은 사송에게처럼 함부로 말을 하지 못하는 오손이 약간 조심스러운 표정으로 물었다.

"우리의 계약 말이다. 넌 뭘 하겠다는 계약을 맺은 게 아니다. 우리가 이 일을 끝낼 때까지 우릴 돕는 것이 네 일 아니었더냐? 기간이 짧으면 두서너 달, 길어지면 거기에 두어 달 더 추가되고……."

"아… 참, 그렇게 약속했네요. 헤헤……."

가장 늦게 불사 나왕과 금자 열 냥에 약속했던 일들을 떠올리며 오손이 떨떠름한 표정으로 실없는 웃음을 흘렸다.

아마도 금자를 조금 더 받아낼 생각이었다가 계획이 틀어져 머쓱한 모양이었다.

"그럼 그자를 찾는 일도 도와야지?"

이번에는 사송이 따지듯 물었다.

그러자 오손이 풀 죽은 표정으로 대답했다.

"알았어요. 생각해 보니 그런 것 같네요. 하지만… 제가 그를 찾을 수 있다고 약속드리지는 못해요."

"우리도 네게 그런 능력이 있다고는 생각지 않는다."

사송이 퉁명스럽게 대답했다.

그러자 오손의 얼굴에 갑자기 오기가 생겼다.

"지금 절 무시하시는 거예요?"

"무시하는 게 아니라 사실을 말한 거야. 너 스스로도 인정하지 않았느냐? 그자를 찾을 능력은 없다고."

"그, 그야……."

"설마 찾을 수 있다는 거냐?"

"뭐… 금자가 약간 더 필요하지만……."

"이 녀석, 결국 금자를 더 내놓으라는 소리였구나."

사송이 화를 냈다.

그러자 오손이 뻔뻔한 표정으로 대답했다.

"그를 찾으려면 사람들의 도움이 필요하다고요. 그러려면 당연히 금자가 필요하죠. 내가 갖겠다는 것이 아니라요."

그런데 오손의 말을 갑자기 나왕이 끊었다.

"됐다. 괜히 그럴 필요 없다. 우리 나름대로 추적하면 되니까. 넌 그저 우리를 따라다니며 근방의 길 안내나 하면 된다."

"금자 조금 아끼려다가는 다른 사람들이 먼저 그를 만나게 될 거예요. 그래도 괜찮아요?"

오손이 어떻게든 흥정을 해보려는 표정으로 말했다.

"나쁘지 않지. 그를 찾는 사람들의 뒤를 따르는 것도 한 방법이니까. 그럼 그가 어떤 자인지 자연스레 알게 될 테고 말이다. 먼저 만나면 위험할 수도 있고……."

나왕의 대답에 사송이 징그러운 미소를 지으며 맞장구를 쳤다.

"흐흐, 불사 대협의 말씀이 맞소. 이 녀석아, 모든 일이 네가 원하는 대로 되는 게 아니야. 그러니까 넌 그냥 우리가 원하는 길이나 찾아."

"쳇, 알았어요."

오손이 금자를 더 벌 수 없다는 생각에 기분이 상했는지 다시 바위 위에 벌렁 드러누우며 대답했다.

"여기 일은 끝났다. 일어나. 나가게."

바위에 눕는 오손을 보며 사송이 소리쳤다.

"오늘은 여기서 자고 가요."

"뭐?"

"지금 나가봐야 저녁이잖아요? 밖은 기온도 급하게 떨어진다고요. 여긴 아늑하고 좋잖아요. 하룻밤 자고 가기에."

"아무리 그래도 귀신이 나온다는 곳에서 자란 말이냐?"

사송이 화를 냈다.

"그거야 밖에서 볼 때 그런 거고, 여기가 어디 귀신이 나올 곳 같아요? 바람 소리도 들리지 않고, 밤이 되면 별 구경도 제대로 할 수 있을 거예요."

오손이 손가락을 들어 절벽 사이로 보이는 하늘을 가리키며 말했다.

오손의 급작스러운 제안에 사송이 나왕을 바라봤다. 그러자 나왕이 고개를 끄떡였다.

"그렇게 합시다. 다시 생각하면 여기만큼 좋은 노숙 장소도 찾기 어려울 것 같소."

"음… 불사께서도 그리 생각하신다면야……."

사송이 나왕의 말에 금세 수긍했다.

그러자 적월이 오손에게 물었다.

"아우, 근처에 땔감을 구할 곳이 있을까?"

"걱정 마세요. 마른 이끼와 오래전 홍수에 밀려들어 온 마른 나무들이 있으니까. 제가 구해 올게요."

적월의 말에 오손이 재빨리 반응했다.

"같이 가."

적월이 훌쩍 몸을 날려 오손 곁으로 다가섰다.

"따라오세요."

오손이 적월을 데리고 조금 더 깊은 계곡 안쪽으로 걸어 들어갔다.

"그런데 형님!"

마른 나무와 불쏘시개로 쓸 마른 이끼를 줍다 말고 오손이 평소와 다르게 진지한 표정으로 적월을 불렀다.

"응? 왜?"

적월이 굵은 나무를 자르려고 검을 뽑다 말고 물었다.

"그… 정말 그분이 맞아요?"

"무슨 소리야?"

"오면서 줄곧 궁금했어요. 형님의 사부님이라는 분… 정말 무림에서 유명한 그 불사 대협이 맞아요? 계속 불사라 부르시던데."

"응."

적월이 별일 아니라는 듯 대답을 하고는 다시 통나무에 검을

댔다.

하지만 오손에게는 절대 별일이 아니었다.

"정말요? 정말 천하십대고수라는 그 불사 대협이란 말인가요?"

오손이 확인하듯 다시 물었다.

"그럼 불사라는 별호를 감히 누가 또 쓰겠어."

"와! 난 그래도 설마설마했는데……."

"왜? 사부님의 외모 때문에?"

"아뇨. 천하십대고수 불사 나왕의 외모가 그의 무공만큼이나 유명한 걸 왜 모르겠어요. 물론 무공과는 정반대의 이유로 유명하지만……."

"사부님의 외모가 뭐 어때서?"

"에이, 솔직히……."

"솔직히 뭐?"

적월이 조금 화가 난 듯하자 오손이 재빨리 손을 저었다.

"아, 미안해요. 그래도 형님 사부님이신데, 어쨌든 외모 때문이 아니라 천하십대고수가 내 눈앞에 있다는 게 믿기지 않아서요."

오손이 진심으로 말했다.

"그래. 가끔 나도 믿기지 않을 때가 있지. 천하십대고수가 내 사부님이란 사실이. 으챠!"

서걱!

말을 하며 휘두른 검에 마른 통나무가 두 동강이 났다.

그 모습에 오손이 흠칫 놀란 표정을 지었다.

"이제 보니 형님도 대단한 고수군요?"

"명색이 천하십대고수의 제자니까."

적월이 빙그레 미소를 지으며 말했다.

"아이고, 내가 정말 이 거래를 잘한 건지 모르겠네."

갑자기 오손이 투덜거렸다.

"그건 또 무슨 소리야?"

"이렇게 대단한 분들 일이라면 절대 범상치 않을 것 같아서요. 너무 큰일에 휘말리면 목숨이 위험한 법이죠."

오손이 손으로 자신의 목을 그어 보이며 말했다.

"걱정 마. 네가 죽는 일은 없을 테니."

"글쎄요. 형님을 믿지 못하는 것은 아니지만 전 솔직히 사람의 약속을 믿지 않아요."

"청안족의 과거 때문에?"

적월이 물었다.

그러자 오손이 놀란 얼굴로 적월을 바라봤다.

"왜, 내가 알고 있는 줄 몰랐어?"

적월이 덤덤하게 물었다.

"제가… 청안족 출신이라는 것을 어떻게 아셨어요? 지금까지 아무도 눈치챈 사람이 없었는데……."

"내가 아니라 사부님이 알아봤다. 사부님께 듣기 전까지 난 청안족이라는 이름도 들어보지 못했는걸."

적월이 대답했다.

"역시… 불사 대협이시군요."

"과거에 청안족의 사람들과 몇 가지 일을 함께한 적이 있다하시더라고."

"과거라면……?"

"사부께서 칠마와 십육마문의 난 때 무림맹 신웅조의 고수로 활동하신 건 알아?"

"아뇨. 그걸 제가 어떻게 알아요."

오손이 퉁명스럽게 대답했다.

"하긴, 네가 태어날 무렵이니까. 아무튼 무림맹 신웅조는 칠마와의 싸움에서 승리하는 데 큰 역할을 했던 조직이지. 수많은 영웅들이 신웅조로서 마도와 싸우다가 죽어갔다고 해. 살아남은 사람이 수백 중 삼십여 명 정도라던가? 아무튼 신웅조는 비밀스러운 임무들을 많이 수행했는데, 그때 청안족의 도움을 받은 적이 있다고 하더라고."

그러자 오손의 얼굴에 원망의 빛이 떠올랐다.

"하지만 역시 불사 대협도 청안족이 십육마문 무리에게 공격당할 때 도우러 오지 않으셨지요."

"그 일도 들었다. 무림맹의 처신에 대해 무척 미안해하셨지."

"그래요? …하지만 어쩔 수 없는 일이죠. 당시 청안족은 무림맹에 속한 것이 아니었으니까. 누구든 값을 내면 청안족의 능력을 살 수 있었죠. 그게 바로 청안족 멸망의 원인이었고요. 사실… 청안족 스스로 자초한 일이라고 할 수 있어요."

"냉정하구나."

자신의 일족에게 일어난 비극을 객관적으로 바라보는 것은 결코 쉬운 일이 아니다.

자왕 사송이나 유왕 서리가 십이지방에 일어난 혈월야를 객관적으로 받아들이기 힘든 것처럼. 그런데 어린 오손은 청안족의 멸망을 무척 객관적인 시선으로 바라보고 있었다.

"냉정해야 살아남을 수 있으니까요."

오손이 대답했다.

"지금도 위험하다고 느끼는 거냐?"

"청안족의 존재가 사람들에게는 언제나 부담이 된다고 들었어요. 정사를 막론하고. 그러니 청안족이 살아 있는 걸 알면 누구든 제게 손을 쓰려 하지 않을까요?"

오손이 되물었다.

"흠, 그럴 가능성이 크지."

적월도 오손의 걱정을 부정하지 않았다.

"그러니 조심해야죠. 어쨌든 형님이나 불사 대협이 소문을 내지는 않겠죠?"

"하하하, 지난 며칠 동안 사부님과 날 겪어봐서 잘 알 텐데?"

적월이 괜한 걱정을 한다는 듯 웃음을 터뜨렸다.

"하긴 뭐… 천하십대고수쯤 되는 양반이니 입이 가볍겠어요? 가요."

오손도 사실은 별로 걱정하지 않는다는 듯 나무와 마른 이끼를 집어 들고 걸음을 옮기기 시작했다.

불을 피우자 생각보다 아늑한 잠자리가 마련됐다.

하지만 네 사람은 누구도 쉽게 눈을 붙이지 못했다. 각자 생각할 것이 많은 밤이었다.

사송은 대형 신왕 학사검 종선의 무공 흔적을 발견한 것에 대한 상념으로, 오손은 자신이 청안족임을 알고 있는 이 기이한 일행에 대한 불안감으로, 적월은 자신의 친부모가 속했던 십이지방의 멸망에 관한 단서에 대한 고민으로……

그나마 불사 나왕이 조금 편해 보이긴 했다.

그는 그저 한때 천하를 피로 물들였던 칠마의 난 당시 이 천산에서 벌어졌던 천산대전에 대한 회상을 하는 정도였다.

그래서 가장 먼저 잠든 사람도 불사 나왕이었다. 하지만 다른 사람들은 그 밤 모닥불이 꺼진 후에야 잠시 눈을 붙일 수 있었다.

*   *   *

몇 개의 설산 허리를 넘었다.

만년설이 뒤덮인 봉우리 꼭대기를 넘으면 길을 단축할 수 있었지만, 그건 무림의 고수라도 위험한 일이었다.

설봉 정상은 기후가 수시로 바뀌고 눈보라가 몰아치거나 눈사태가 일어날 수도 있어서 급박한 상황이 아니면 굳이 그 길을 택할 필요가 없었다.

물론 오손의 존재도 편한 길을 택한 이유였다. 오손은 편한 길을 따라 이동해도 설봉을 넘는 것과 큰 차이 없이 빠른 지름길을 알고 있었다. 확실히 청안족은 청안족이라는 말이 절로 나올 만한 길 안내자였다.

그렇게 며칠을 이동한 끝에 일행은 기이한 지형과 마주했다.

푸른 하늘과 대비되는 눈부신 빙벽, 그리고 그 빙벽을 지나면 세상 끝인 것처럼 시작되는 어둠의 계곡… 그 안에 뭐가 있는지 도저히 가늠할 수 없는 깊이의 절곡이 시작되는 곳이었다.

그리고 그 계곡 위로 막막한 절벽의 향연이 펼쳐졌다. 끝을 알 수 없는 절벽들이 서로를 이고 올라가 거대한 산을 만들었다.

그 산 위는 구름에 가려 보이지도 않았다. 설봉이어야 할 높이였지만 눈도 보이지 않는 검은 산이었다.

이 산은 아는 사람은 누구나 알고 있고, 모르는 사람은 전혀 관심을 두지 않을 산이었다.

그러나 이 산을 아는 사람들에겐 떠올리기조차 싫은 장소였다.

한때 천하에서 가장 강한 마인이 살았고, 또 한때는 산 전체가 붉은 피로 뒤덮였던 곳이었다.

"구중천의 땅……."

자왕 사송이 무거운 음성으로 중얼거렸다.

그의 말처럼 이 이름 없는 기괴한 불모의 산은 바로 과거 칠마와 십육마문의 난 때 가장 강력한 힘을 과시했던 천마 파융의 구중천이 있던 본거지였다.

과거에는 이 산의 백 리 밖까지 접근하는 것조차 어려웠지만, 구중천이 세상에서 사라진 지금은 이렇게 아무나 오고 싶으면 오고, 가고 싶으면 갈 수 있는 산이 되어버렸다.

구중천이 몰락한 이후 초기에는 그 무공의 잔재라도 주워보려고 무림의 삼류무사들이 몇 년간 끊임없이 찾기도 했었다.

그러나 구중천을 몰락시킨 무림맹에서 무공의 무 자라도 쓰인 비급들은 모두 탈취해 갔기에 이곳에서 구중천의 마공을 얻었다는 무인은 없었다.

금붙이 하나 남아 있지 않은 것도 마찬가지.

그래서 칠마의 난이 끝난 후 삼사 년 후부터는 누구도 이 산을 찾지 않았다.

그저 가끔 마도에 속한 자들이 순례를 하듯 한두 명씩 찾기는 했으나, 그 역시 무림맹의 눈에 띌 것을 걱정해 비밀스럽게 다녀가는 정도였다.

그래서 적월 일행이 산 아래 협곡 입구에 도착했을 때도 사람의 모습은 전혀 보이지 않았다.

그 을씨년스러움이 더욱더 이 땅이 과거 무림의 패권을 노리던 천마 파융의 땅임을 증명하는 것 같았다.

그래서 자왕 사송조차도 산 앞에선 무거운 감상에 빠질 수밖에 없었던 것이다.

"여기가 처음이란 건가?"

나왕이 건조한 목소리로 오손에게 물었다.

그러자 오손이 얼른 대답했다.

"예. 그렇다고 해요."

"음… 이곳이 처음인 이유는 그런대로 이해가 되는군."

나왕이 중얼거렸다.

"그렇지요. 애초에 대형께서 전신극을 잃어버린 곳이 저 산 위의 날카로운 절벽 봉우리에서였으니까. 누군가 전신극을 취했다면 저 깊고 넓은 협곡 바닥 어디쯤에서였을 것이오."

자왕 사송이 감개무량한 표정으로 중얼거렸다.

과거 천산대전에 앞서 이 산 깊은 곳에 위치한 밀실로 침입해 전신극을 빼냈던 기억이 새삼스럽게 떠오르는 듯했다.

"그자가 처음 무공을 썼다는 곳이 어디지?"

나왕이 오손에게 물었다.

"저기요. 큰 바위 보이시죠?"

오손이 손을 들어 빙벽을 지나 어두운 협곡 입구의 검은색 바위를 가리켰다.

"가봅시다."

나왕이 자왕 사송에게 말했다.

"그래야지요."

사송이 고개를 끄떡이고는 먼저 걸음을 옮기기 시작했다.

그러자 오손이 혼잣말처럼 중얼거렸다.

"가봐야 아무 흔적도 없을 텐데… 이곳에선 제대로 창을 쓰지도 않고 마도의 순례자 셋을 벤 것이 전부인데."

"고수의 눈은 다르니까. 사부님이나 숙부님의 눈에는 뭔가 보일지도 모르지."

적월이 오손의 뒤에서 말했다.

"그런가요? 사실 난 두어 번 와보기는 했는데 아무것도 발견하지 못했거든요. 정말 고수들의 눈은 다른지 확인해 봐야지."

오손이 흥미로운 듯 말했다.

이럴 때 보면 꼭 어린애 같은 모습이다.

"두고 보면 저분들이 네가 생각하는 것보다 훨씬 대단한 분들이란 걸 알게 될 거다."

"아니, 천하십대고수면 되었지 그보다 더 대단한 뭐가 있나요?"

이미 천하십대고수로 불리는 나왕을 두고 하는 말이다.

"그런가? 하긴 그렇구나. 하하!"

"형님도 참 가끔 실없을 때가 있단 말이야."

오손이 적월을 놀려댔다.

"하하하, 그래? 하긴 가끔 예도 그렇게 말하곤 했지."

적월이 화도 내지 않고 웃음을 터뜨렸다.

"예요? 예는 또 누구죠?"

"음, 내 사매인데 간혹 날 놀리곤 했어. 실없다고."

"사매요?"

"응."

"대체 형님이 속한 문파는 어디예요? 불사 대협은 일인전승의 불파일맥 무공을 이었다고 했잖아요. 그럼 형님도 불파일맥이고요. 그런데 또 사매라니… 불파일맥은 일인전승이 아니었나요?"

"아, 사매는 우리 불파일맥 사람은 아니지."

"그런데 어떻게 사매가 되죠?"

오손이 이해할 수 없다는 듯 물었다.

"다른 인연으로 이어져 있거든. 지금 사부님과 나는 십이천문이라는 문파에 속해 있지. 사매 역시 그곳에 속한 사람이고."

"십이천문이요?"

오손이 고개를 갸웃했다.

들어보지 못한 문파기 때문이었다. 불사 나왕 같은 고수가 속한 문파라면 아무리 변방이라 해도 소문이 났어야 한다고 생각하는 모양이다.

"그냥 작은 문파야. 문파라기보다는 가족 같은 곳이랄까."

"그렇군요. 그런데 문도 수가 얼마나 되는데요?"

"여섯."

"겨우 여섯이요? 그게 무슨 문파예요?"

오손이 실망스러운 표정으로 되물었다.

"그래서 문파라기보다는 가족 같은 곳이라고 했잖아. 서로 특별한 인연들이 있어 모인 거야."

"흐흠… 외로운 사람끼리 의지해 사는 곳인 모양이군요."

"그렇게 볼 수도 있고."

굳이 십이천문이 생긴 이유까지는 설명할 필요가 없다고 생각한 적월이 오손의 말을 부인하지 않았다.

"아무튼 그곳에 속해 있는 예라는 사매가 형님을 실없다고 놀리곤 했단 거군요."

"음, 성은 공씨인데 맹랑한 구석이 있는 아이지."

"몇 살인데요?"

"이제 곧 스물이 되지."

"아이구, 아직 어린애네."

오손이 두 손을 들어 올리며 말했다.

"아우가 그런 말을 할 처지는 아닌 것 같은데?"

"왜요? 난 그래도 스무 살은 넘었어요. 그리고 아주 어릴 때부터 혼자 생존했지요. 나이는 어려도 세상 경험은 적지 않다고요."

오손이 공예와 자신을 비교할 수 없다는 듯 말했다.

"그 아이도 그래. 아주 어려서부터 혼자 자랐지. 그리고… 스물이 되지 않았지만 이미 자신의 복수를 마친 아이라고."

"복수요?"

오손이 놀란 표정으로 적월을 바라봤다.

복수라는 단어는 누구든 쉽게 입에 올릴 수 없는 단어다. 그 것도 스물이 안 된 여자아이의 경우는 더더욱 그랬다.

"좀… 독한 구석이 있지."

"하아! 그럼 얘기가 달라지는데."

"제법이지?"

"제법이 아니라 무서운 거죠. 스무 살도 되지 않은 여자아이 가 복수를 끝냈다니. 그럼 사람을 죽였나요?"

"죽이지는 않았지만 어릴 때 빼앗겼던 모든 것을 되찾았지. 상 대는 알거지가 되었고."

"햐아! 들을수록 궁금하네."

오손이 얼굴도 모르는 공예에게 큰 관심을 보였다.

그러자 적월이 대답했다.

"언젠가 기회가 되면 서로 만날 수도 있겠지."

"뭐… 제가 천산을 떠나게 된다면 그렇겠지요."

"그런데 아우는 평생 천산에서 살 거야?"

적월이 진지한 표정으로 오손에게 물었다.

"저와 같은 사람은 이런 곳이 좋지요. 홀로 숨어 살아가기에 좋은 곳이니까. 자유롭기도 하고요. 특히 지리에 익숙하니까 요."

청안족으로서 생존하기 위해선 천산이 좋단 뜻이다.

"그래도 평생 이곳에서만 살 수는 없지. 언젠가는 세상 구경 을 해봐야지 않겠어?"

"그럴까요?"

오손이 되물었다.

"그럼, 세상은 한 번쯤은 돌아볼 만한 곳이라고. 바다 본 적 없지?"

"당연히 본 적 없죠. 듣기는 했지만, 그래도 뭐 큰 호수는 본 적 있어요."

"후후, 바다와 호수는 전혀 다르지. 평생 한 번은 꼭 봐야 한다고. 그게 자신의 삶에 대한 예의지."

"아이구, 삶에 대한 예의까지나……."

"농으로 듣지 말고 진지하게 생각해 봐. 이번 일이 끝나면 함께 떠나보든지."

적월의 말에 오손의 눈빛이 반짝였다.

"정말 그래도 돼요?"

"아우가 결심하기에 달렸지."

"저 두 분이 허락할까요?"

"허락이 무슨 필요 있어. 우리 문파에 들어오겠다는 것도 아니고 이곳을 떠나 중원까지 잠시 동행하겠다는 건데. 그건 걱정 마."

적월이 걱정할 것 없다는 듯 말했다.

"알겠어요. 한번 생각해 볼게요."

생각해 보겠다고 했지만 오손의 눈은 이미 낯선 여행과 그 여행이 보여줄 새로운 세상에 대한 기대로 반짝이고 있었다.

제6장
몰려드는 고수들

"흠……."

거대한 바위를 앞에 두고 사송이 손을 들어 턱을 괬다. 뭔가 풀리지 않는 문제에 봉착한 것 같은 표정이다.

그 옆에서 나왕도 같은 표정으로 서 있었다.

뒤늦게 도착한 적월이 그런 두 사람을 잠시 지켜보다가 결국 질문을 던졌다.

"문제가 있나요?"

"글쎄……."

나왕이 대답을 망설였다.

"뭔데 그러세요?"

오손이 궁금한 듯 조심스럽게 다시 물었다.

오손은 자왕 사송과 달리 나왕을 무서워해서 그의 질문은 슬쩍 자왕 쪽으로 향해 있었다.

그러자 자왕이 대답했다.

"그자의 흔적이 여기에 남아 있기는 하다."

"예? 어디요? 전 보지 못했는데?"

두어 번 이곳에 와봤던 오손이었다.

적풍사를 단신으로 상대한 자가 나타난 이상 그를 찾는 무림인들이 몰려올 것을 예상하고 능력 있는 길잡이가 되기 위해 괴고수의 행적을 미리 조사해 둔 오손이었다.

그 덕에 오늘날 금자 열 냥짜리 제법 비싼 길잡이 노릇을 하고 있는 것이다.

"보통 사람의 눈에는 보이지 않는 흔적이다."

"에이, 나도 보통 사람은 아닌데……."

오손이 투덜거렸다.

"이놈아, 내공의 고수만이 볼 수 있다는 뜻이야."

"쩝, 그런가요? 내공이라면 제가 조금 부족하기는 하죠."

"조금 부족해? 아예 없는 것이 아니고?"

자왕 사송이 되물었다.

놀리는 것이 아니라 사실 사송은 오손에게서 공력의 기운을 느끼지 못한 것이 사실이었다.

그러자 오손이 퉁명스러운 표정으로 대답했다.

"제가 청안족 출신인 것은 이미 아시죠?"

"그야 물론."

"청안족이 무림에서 활동했다는 것은 나름대로의 내공심법이 있다는 의미 아니겠어요? 설마 타고난 재주만으로 무림에서 귀한 대접을 받고 살았다고 생각하는 것은 아니시겠죠?"

"흠… 그럼 외부로 드러나지 않는 신공을 연성했다는 거냐?"

"대성했을 때의 경지로 보면 신공까지라고는 말할 수 없지만, 괴공은 되죠."

"신공은 아니되 괴공은 된다라… 무슨 뜻이냐?"

"말 그대로예요. 무림에 알려진 절대신공들만큼 공력의 경지를 높일 수는 없지만, 몸속의 내공의 흔적이 밖으로 드러나지 않는 특징을 가지고 있죠. 우리 청안족에게는 딱 맞는 신공이랄 수 있어요. 생존에는 정말 유용한 신공이니까요. 상대를 방심시키기도 하고……."

오손의 말에 자왕 사송이 놀란 표정을 보였다.

"정말 몸 안의 공력이 밖으로 드러나지 않는 내공심법이 있단 말이냐?"

"제가 그 증거라니까요? 이름하여 자연신공……."

"자연신공이라. 아시고 계셨소이까?"

자왕이 나왕에게 물었다.

오손의 말만으로는 믿기 힘들다는 표정이다.

그러자 불사 나왕이 대답했다.

"알고 있었소이다. 하지만 공력의 흔적이 전혀 드러나지 않는 것은 아니오. 자연신공을 알고 있는 사람에게선 신공 수련의 흔적을 찾을 수 있소. 바로 청안이 그 증거라오."

"아……!"

"그래서……."

사송과 적월이 동시에 탄성을 자아냈다.

청안족이 흥분하거나 힘을 쓸 때 나타나는 푸른 눈동자의 이유를 이제야 알게 된 것이다.

"정말 우리 일족에 대해 많이 아시네요."

오손은 불사 나왕이 자연신공과 청안족 푸른 눈동자의 비밀까지 알고 있으리라고는 생각지 못한 모양이었다.

그러자 불사 나왕이 진지한 표정으로 충고했다.

"그러니 조심하거라. 이 사실을 아는 사람이 나뿐은 아니다. 무림맹의 수뇌들이거나 혹은… 과거 칠마의 후예들 중 일부도 알고 있을 것이다."

"아, 정말요?"

오손이 몰랐다는 듯 짜증을 내며 되물었다.

"청안족이 멸족을 당한 이유 중 하나다. 그들이 청안족을 구분해 낼 수 있었으니까. 그렇지 않았다면 마을을 떠나 있던 사람들까지 모두 추살되었을 수는 없지 않겠느냐?"

"그렇군요. 그래서 그렇게 된 거군요. 사실 전 우리 일족 내부에 배신자가 있다고 생각하고 있었어요. 아저씨들도 그렇게 말했고……."

"아저씨들이라니?"

자왕 사송이 의아한 표정으로 물었다.

그러나 오손이 아차 하는 표정을 짓더니 어쩔 수 없다는 듯 대답했다.

"절 키워주신 분들요."

"널 키운 사람들이 있다는 거냐?"

"그럼 혼자 컸겠어요? 청안족이 망한 지가 이십 년 전인데 그

때 전 갓난아이였다고요."

오손이 퉁명스럽게 말했다.

"그럼 지금 너 말고도 살아 있는 청안족이 있다는 거구나?"

"뭐……."

"몇 명이나?"

"아이 참, 뭘 그렇게 자세히 알려고 하세요?"

오손이 대답하기 싫다는 듯 자왕 사송에게 면박을 줬다.

그러자 사송이 떨떠름한 표정으로 대꾸했다.

"궁금하니까 그렇지, 이 녀석아."

"그럼 대협님 과거나 속사정도 모두 말씀해 주실 수 있어요?"

오손이 당돌하게 되물었다.

"아, 뭐 그건 아니지만……."

오손의 반격에 사송이 말을 얼버무렸다.

"그러니까요. 각자 사정이 있으니 호구조사는 적당히 하자고
요."

"알았다, 알았어. 녀석 까칠하기는……."

사송이 멋쩍은 표정으로 대답했다.

그러자 오손이 다시 입을 열었다.

"아무튼 그자가 남긴 흔적을 두 분은 볼 수 있다는 거죠? 그
런데 왜 그렇게 심각하신 거예요?"

오손의 질문에 자왕 사송의 표정이 다시 심각하게 변했다.

"우린 네 덕에 세 곳에서 그자의 흔적을 볼 수 있었다."

"그렇죠. 유능한 길잡이를 고용하셨으니까요."

오손이 자신의 공을 자랑할 기회를 놓치지 않았다.

"그런데 세 곳에 남겨진 그자의 흔적은 같은 듯하면서도 모두 다르다."

"그게 무슨 말씀이세요? 한 사람이 남긴 건데……?"

오손이 이해할 수 없다는 듯 물었다.

그러자 이번에는 불사 나왕이 말했다.

"흔적이 다르다는 것이 다른 사람이 남겼다는 뜻은 아니다. 한 사람이 남긴 흔적도 시간에 따라서 각기 다를 수 있지. 그런데… 이자는 겨우 일 년 안쪽에 남긴 흔적들임에도 불구하고 그 흔적들이 상당한 차이를 보인다. 특히 공력의 깊이 면에서……."

"계속 강해지고 있다는 건가요?"

듣고 있던 적월이 나왕의 말뜻을 알아채고 물었다.

"그런 것 같다. 이곳이 그가 처음 나타난 곳이라면 여기에 남긴 흔적은 그의 첫 무공 흔적이다. 그런데 이때는 바위에 제대로 자국을 남기지 못하는 정도였다. 그런데 귀령곡에서는 절벽에 선명한 무공의 흔적을 남겼고, 적풍사를 만났을 때는 거의 절대고수의 신위를 보였지. 자연스럽게 진기를 발출해 발자국 주변의 흙을 굳혀놓을 정도로 말이다. 강호무림의 역사에서 이렇게 빠르게 공력의 진보를 보인 사람은 극히 드물다."

나왕이 표정이 무척 심각했다.

"마단이나 영약… 뭐 그런 것을 복용한 걸까요?"

"그랬다면야 오히려 걱정할 일이 아니지. 하지만 이것이 순수하게 이자의 무공이 발전해 가는 과정이라면… 후우!"

나왕이 길게 한숨을 내쉬었다.

"그럼 어떻게 되는데요?"

오손이 궁금함을 참지 못하고 물었다.

그러자 이번에는 자왕 사송이 대답했다.

"정말 그렇다면… 우린 어쩌면 머지않아 강호의 절대자로 군림할 힘을 가진 자, 소위 말해 천하제일인을 볼지도 모르겠지."

"천하… 제일인!"

오손이 깜짝 놀라 천하제일이라는 말을 되뇌었다.

*　　　　　*　　　　　*

한 무리의 사람들이 천산의 높은 봉우리들을 아득하게 바라보고 있었다. 아니, 자세히 보면 한 무리가 아니라 약간의 거리를 두고 여러 무리의 사람들이 서 있었다.

그들은 서로 적대시하는 것 같지는 않지만, 그렇다고 동행으로 보기도 어려운 정도의 거리를 두고 있었다.

천산으로 들어가기 전 압도적인 산맥의 모습에 기가 질린 듯 산맥의 초입으로 진입하기 전에 숨을 고르는 듯했다.

두두두!

그런데 무리들의 조용한 휴식을 방해하는 자들이 무거운 말발굽 소리와 함께 나타났다.

거리를 두고 무리를 지어 휴식을 취하던 자들이 일제히 시선을 돌려 소란을 일으킨 자들을 바라봤다.

그러자 초원 끝에서 천산 방향으로 말을 몰아 달려오는 이십여 명의 사람들이 보였다.

처음에는 몇 개의 점으로 보이다가 순식간에 스무 명의 말 탄 사람들로 변한 자들이 순식간에 여러 무리들이 휴식을 취하는 곳에서 삼십여 장 떨어진 곳까지 달려와 말을 멈췄다.

히히힝!

히힝!

급하게 멈춰서인지 사람을 태우고 온 말들이 뒤엉키며 잠시 소란이 일어났으나, 말을 타고 온 자들은 능숙하게 흥분한 말들을 진정시켰다.

"송가장의 사람들입니다."

천산 입구에서 휴식을 취하고 있던 무리 중 한 사람이 입을 열었다. 그러자 사람들이 조금 놀란 표정으로 저마다 몸을 일으켰다.

그사이 먼지가 잦아들고 말을 몰아온 자들 사이에서 그리 크지 않은 깃발이 보였다.

송(宋) 자가 금박으로 새겨진 작지만 화려한 깃발, 급하게 말을 몰아왔음에도 도도함을 잃지 않는 무사들 태도. 이들이야말로 현 무림을 지배하는 구패(九覇)의 일파인 벽산 송가장의 무인들이다.

송가장이 위치한 벽산에서 천산까지는 수천 리 길, 그런데 그들이 이곳에 모습을 드러냈으니 관심을 가질 수밖에 없었다.

하지만 그렇다고 휴식을 취하고 있던 여러 무리의 무림인들이 겁을 먹거나 한 것은 아니었다.

왜냐하면 그들 중엔 송가장의 이름에 주눅 들 무리도 있었지만, 그렇지 않은 무리들도 여럿 섞여 있었기 때문이다.

그리고 그중 한 사람이 송가장 고수들의 출현을 반기며 그들에게 다가갔다.

"아니, 송가제일검이 아니십니까? 통 강호 출입을 하지 않으시는 분이 어떻게 이곳까지……?"

송가장 고수들에게 다가간 사람의 신분은 누가 봐도 알 수 있었다. 머리에 쓴 건을 보는 순간 누구나 신분을 짐작할 수 있는 사람, 무당의 도사가 분명했다.

"아, 청허자께서도 오셨구려. 역시… 무당도 가만히 있을 수는 없었던 모양입니다."

백발의 머리를 짧게 틀어 묶은, 오랜 세월 단련된 무인의 몸을 가진 노인이 무당의 도사를 보며 알은척을 했다.

"어찌 아니 올 수 있겠소이까? 다른 것도 아닌 전신극인데."

"그렇긴 하오. 전신극이 나타난 이상 방구석에 처박혀 소식이나 듣고 있을 문파는 없을 것이오."

송가제일검이라 불린 노인이 고개를 끄떡였다.

송가제일검 송옥, 그는 송가장을 당대 구패의 일원으로 일으켜 세운 송가장의 장주 송유목의 숙부다.

송가장에서 송유목 윗대의 어른으로는 가장 연장자인 그는 무공으로는 송가장에서 가장 강한 것으로 알려져 있었다.

칠마와 십육마문의 난 때는 송유목을 도와 천하를 주유했고, 여러 번 죽음의 위기를 넘기며 송가장의 명예를 드날릴 만한 무공을 세운 전설적인 무인이었다.

칠마의 난이 끝나고 송가장이 젊은 장주 송유목을 중심으로 그 야망을 펼치기 시작했을 때는, 송유목에게 부담을 주지 않기 위해 스스로 뒤로 물러나 송가장이 있는 벽산의 깊은 골짜기에 자신만의 거처를 마련하고 무도에 매진하는 삶을 살았다.

덕분에 시간이 지날수록 무공은 깊어졌고, 결국 송가제일검의 칭호가 자연스럽게 그에게 주어졌던 것이다.

송가제일검이 된 이후에도 그는 송가장의 일에는 전혀 관여하지 않았다. 가주 송유목이 만든 천하구패라는 위치가 그가 송가장의 일에 관여할 어떤 이유도 없게 만들었던 것이다.

그러던 그가 칩거를 깨고 송가장 일에 나서기 시작한 것은 한 사람의 행보 때문이었다.

불사 나왕, 천하십대고수로 불리기도 하지만 등 뒤에서는 송가구왕(宋家狗王)이라 불리며 놀림을 받던 절대고수가 송가장을 떠난 것이 송옥을 다시 강호로 나오게 만든 이유였다.

불사 나왕이 떠난 사실이 강호에 알려지자 송가장은 곳곳에서 자신들의 이권을 도전받게 되었다.

그동안 송가장보다는 천하십대고수라는 불사 나왕의 이름에 겁을 먹고 감히 송가장의 이득에 도전하지 못하던 가문들이 불사 나왕이 송가장을 떠나자 기다렸다는 듯이 송가장과 경쟁하기 시작했던 것이다.

그리고 실질적으로 송가장 명성에 금이 가는 일이 적지 않게 일어나기도 했다.

당연히 송가장으로서는 불사 나왕을 대신해 송가장의 힘을 보여줄 누군가가 간절히 필요했다.

그래서 결국 송가장주 송유목은 벽산 골짜기에 칩거한 송옥에게 출도를 요청했고, 송옥 역시 송가장이 위기에 처했다는 것을 본능적으로 깨닫고는 주저하지 않고 검을 들고 강호에 나왔던 것이다.

일단 송옥이 송가장의 일에 관여하기 시작하자 송가장은 빠르게 안정되어 갔다.

서너 차례에 걸쳐 송옥의 검이 송가장에 도전하는 자들을 가차 없이 베어버리자 강호는 다시 구패의 일가인 송가장의 저력을 깨닫게 되었다. 그리고 다시 일 년쯤 지나자 이제는 감히 송가장의 이익에 도전하는 세력이나 문파가 나타나지 않게 되었던 것이다.

그렇게 불사 나왕이 떠난 송가장을 안정시킨 송가제일검 송옥이 이 먼 천산에 나타났다.

그건 곧 송가장이 전신극에 욕심을 내고 있다는 의미였다.

"어떻소이까? 무당에서는 전신극의 실체를 파악하셨소이까?"

가벼운 인사가 끝나자 송옥이 무당에서 다섯 손가락 안에 드는 강자인 청허자 유정에게 물었다.

청허자 유정은 저 유명한 무림오선 중 한 사람인 현무자 도원명의 직계제자로서 이미 무림에선 살아 있는 신선으로 존경을 받는 인물이었다.

"소문을 듣자마자 급히 오느라 그 실체에 대해선 미처 알아보지 못했소이다만……."

"음, 그렇구려. 그런데 참으로 이상한 일이오."

송옥이 살짝 눈살을 찌푸리며 말했다.

"무슨 말씀이신지?"

"무림맹 말이오."

"역시 그 말씀이시구려."

청허자 유정도 동의한다는 듯 천천히 고개를 끄떡였다. 그의 표정 역시 제법 심각했다.

"천하가 아는 소문을 무림맹이 모를 리 없건만 어떤 연락도 없고, 이에 대한 대책을 논의하자는 기별도 없으니… 삼 총관들이 대체 무슨 생각을 하고 있는지 모르겠소."

말을 하는 송옥의 말투에 불만이 가득하다.

"제 생각에는 어쩌면 무림맹 이름으로는 이 일에 관여치 않을 것 같소이다만……."

"무림맹이 전신극의 출현에 관여치 않는단 말이오? 전신극이 무엇이오. 치우의 창으로 불리며 무림사에 출현할 때마다 혈겁을 부른 물건이오. 그런데 어찌 무림맹이 관여치 않을 수 있단 말이오?"

송옥이 이해할 수 없다는 듯 청허자 유정에게 물었다.

그러자 유정이 대답했다.

"십육마문이 몰락한 지 이미 이십 년이 지났고, 천하는 우리 구패의 통제하에 있소. 전신극의 출현은 충격적인 일이기는 하지만 지금 천하에서 전신극의 쟁탈전에 뛰어들 세력이 누가 있겠소?"

유정의 물음에 송옥이 잠시 생각에 잠겼다가 물었다.

"설마 무림맹의 총관들이 우리 구패에게 스스로 전신극의 주인을 결정하라고 맡겨둔 거란 뜻이오?"

"난 그렇게 판단하고 있소이다."

"허어… 그건 무림에 큰 분란을 일으키는 일인데……"

송옥이 의아한 표정으로 말했다.

무림맹의 존재 이유는 무림의 안정이다. 그런데 전신극을 두고 구패가 경쟁을 하게 된다면 무림은 크게 불안정해질 수 있었다. 그건 무림맹의 존재 목적과는 완전히 반대되는 일이었다.

하지만 청허자 유정의 생각은 다른 모양이었다. 유정이 송옥의 말에 침착한 표정으로 대응했다.

"최근 들어 무림의 사정이 조금씩 변화하고 있다는 것은 아실 겁니다."

"그야… 이십 년간 평화가 유지되었으니 자연스러운 일 아니겠소? 힘을 비축한 세력들이 자신들의 야심을 꺼내 들 때가 되었소. 특히… 북두산문 같은 경우는……"

송옥이 말꼬리를 흐렸다.

"북두산문, 그렇지요. 최근 들어서는 가장 주목받은 문파지요. 뭐… 뿌리로 보자면 그럴 자격도 있고. 아무튼 그렇게 하나둘 강호의 야심가들이 무림에 욕심을 내고 있소이다. 그건 다시 말해 구패의 패권에 도전하는 세력이 나타났다는 뜻 아니겠소?"

청허자 유정이 물었다.

"그렇게도 해석할 수 있을 것이오. 그런데 그것이 전신극을 둔 구패 간의 경쟁과 무슨 상관이 있다는 것이오?"

송옥이 물었다.

"떠나오기 전 사부님의 조언을 들은 바가 있소이다."

"현무자께서 직접 말이오?"

송옥이 놀란 표정을 지었다.

청허자 유정의 사부는 오선의 일인인 현무자 도원명이다. 무당의 최고 배분의 인물이고, 당대 무림에서 오선으로 존경받는 사람이지만 평소 무림의 일에 관여하는 바가 거의 없었다. 그런 사람이 조언을 했다면 간과할 수 없는 일이다.

"그렇소이다. 사부께서 이런 말씀을 하셨소이다. 맹에서 이번 일에 관여치 않는다면 그건 구패에게 스스로의 힘을 증명하라는 뜻일 거라고 말이오. 구패 간의 경쟁에서 누가 전신극을 얻는 것이 중요한 것이 아니라, 머리를 들고 있는 야심가들에게 도저히 극복할 수 없는 힘의 차이를 보일 기회로 삼아야 한다는 뜻이었소."

"아!"

송옥이 나직하게 탄성을 자아냈다.

전신극을 둔 경쟁이 구패가 무림에 자신들의 강함을 각인시킬 기회가 될 수도 있다는 것을 깨달은 것이다.

"아마 지금쯤 구패 각 파의 수장들께는 이런 무림맹 세 총관의 의지가 전해졌을 수도 있을 것이오. 곧 송 노사께도 송가장에서 소식이 전해질 듯하오만……."

"무당에서는 받으셨습니까?"

"오늘 아침에 받았소이다."

"음, 그렇구려. 그럼 내게도 곧 소식이 오겠구려. 워낙 급히 이동하느라 한 곳에 머무는 시간이 적어 송가장에서 오는 소식을 제때 받기 힘들었소."

송옥이 고개를 끄떡였다.

"그런 연고로… 어쨌든 이번엔 구패 간의 경쟁이 제법 치열할 것 같소이다."

"아… 일이 또 그렇게 되나?"

송옥이 조금 겸연쩍은 표정을 지었다.

무림맹의 중재가 없는 구패의 경쟁은 처음 경험해 보는 일이라서 서로 간에 어느 정도의 강도로 경쟁해야 하는지 당장은 감을 잡을 수가 없었다.

그리고 당장 눈앞에 있는 청허자 유정도 자신의 경쟁 상대가 되는 것이기도 했다.

"그렇다 한들 피를 봐서는 안 될 것 같고… 서로 도울 수 있다면 이 기회에 서로 간의 우의를 다질 기회가 될 수도 있을 듯하오만……."

유정이 말꼬리를 흐렸다.

그러자 송옥의 눈빛이 반짝였다. 단번에 유정의 의도를 파악한 것이다.

무당이 송가장에게 손을 내밀고 있었다.

이 얼마나 놀라운 일인가. 그간 같은 구패임에도 불구하고, 무당 등 몇몇 문파는 송가장을 애써 무시했다.

소림이나 무당, 남궁씨 일족이나 산동의 악씨 일족은 천 년 이상의 역사를 자랑하는 무림의 거두들이었다.

각 문파 하나의 역사가 전 무림의 역사와 궤를 같이하는 명문들로서 그들은 당대에 비록 송가장이나 만무회, 검산파 등과 같은 구패로 불리지만 절대 송가장 등을 자신들과 같은 위치로 보지 않았다.

그들은 유구한 역사를 지닌 자신들과 달리 한때 운이 좋아

구패의 일원이 된 송가장 같은 문파는 결국 언젠가는 사라지고 말 것이라 생각하고 있었다.

그래서 같은 구패이면서도 무당과 송가장은 거의 교류가 없었다.

그저 무림맹의 회합 때 무당의 장문인과 수뇌들이 송가장주와 몇 마디 인사를 나누는 것이 전부였다.

그나마도 송가장주의 부인인 금수련이 화산파 속가 중 한 곳인 금화장의 딸이어서 다른 문파들보다는 나은 대우를 받고 있는 실정이었다.

그런데 그런 무당이 지금 송가장에 손을 내밀고 있었다.

물론 전신극을 둔 경쟁에서 자파와 손을 잡자고 직접 말한 것은 아니었다.

그러나 청허자 유정의 말이 아니라 눈빛에서 송옥은 그가 자신에게 손을 내밀고 있다는 것을 명확하게 깨닫고 있었다.

그 순간 송옥의 머리도 빠르게 회전했다.

사실 손을 내밀고 있다고는 해도 청허자 유정의 내심은 분명했다. 전신극을 무당이 차지할 수 있도록 도와달라는 것이고, 그렇게 해주면 향후 천 년 역사의 무당파와 당당히 교류할 수 있는 기회를 송가장에게 주겠다는 의미였다.

그러니 결국 유정이 내미는 손을 잡는 순간 송가장은 전신극을 포기해야 한다.

'전신극을 포기하고 무당을 얻는다라……'

어느 쪽이 더 이득이냐고 묻는다면 누구라도 당연히 전신극을 얻는 쪽을 택할 것이다.

무당과의 교류는 눈에 보이지 않는 명예를 얻는 것이지만, 전신극을 얻는 순간 송가장은 강호제일문파로 올라설 기회를 만들 수 있기 때문이다.

다만 문제는 전신극이 송가장의 차지가 될 가능성이 극히 적다는 것이었다.

일 할이나 될까.

일 할도 되지 않는 일에 목매는 것보다는 무당파와 교류를 할 수 있다는 십 할의 확실한 기회를 잡는 것이 현명한 선택일 수도 있었다.

그래서 노고수 송옥도 고민을 할 수밖에 없었던 것이다.

그러나 무림은 역시 힘이다. 그 힘을 얻을 기회를 놓치고 싶지 않은 것이 무인의 본성이었다.

그것이 단 일 할의 가능성이라 해도.

"당연히 피를 봐서는 안 되겠지요. 하지만… 무림의 보물을 둔 경쟁에서 어찌 도의가 지켜지길 바라겠소이까? 다만 우리 같은 노인들이라도 상대에게 손을 쓸 때 조심해야겠지요."

송옥이 무당 청허자가 내민 손을 슬쩍 회피했다.

그러자 청허자 유정의 표정이 변했다.

감히 송가장 따위가 무림의 천 년 거두 무당의 손길을 거부하냐는 듯한 노기가 그의 얼굴에 스치고 지나갔다.

그러나 청허자 유정은 노련한 고수다. 이 자리에서 자신의 감정을 밖으로 드러낼 사람이 아니었다.

"하하, 그렇지요. 큰 혈란이 없으려면 역시 우리 같은 늙은이들이 중심을 잡아줘야겠지요. 그나저나 큰일은 큰일입니다. 전신극이 누구 손에 들어가든 그걸 지켜내기가 만만치 않을 터인데. 이러니저러니 해도 결국 무림맹이 나서야 하는 것이 아닌지……."

송가장에 대한 경고다.

송가장이 과연 전신극을 지킬 능력이 있냐는 물음이었다. 무림맹을 들먹인 것은 그저 군더더기에 지나지 않았다.

"지금 현재 천하무림에서 전신극을 홀로 지켜낼 힘을 지닌 문파가 있겠소이까. 다만 일단 어느 문파든 전신극을 손에 넣으면 그때부터 천하의 인재가 몰릴 것이고, 그렇게 되면 자연스레 전신극을 지킬 힘이 생기겠지요."

송가장이 전신극을 손에 넣으면 천하의 인재들이 송가장으로 몰릴 거란 뜻이었다.

송옥의 논리에 유정은 고개를 끄떡일 뿐 달리 반박을 하지 못했다.

송옥의 말이 틀리지 않기도 했거니와, 그런 면에서 보자면 소림이나 무당 같은 전통의 명문들은 크게 불리한 점이 있었기 때문이다.

소림과 무당파의 경우 전신극을 얻는다 해도 함부로 문도를 들이지 못한다는 단점이 있었다. 문도를 들이는 데도 오랜 전통의 까다로운 문규가 있기 때문이다.

반면 송가장이나 만무회, 검산파 같은 곳은 세를 불리는 데 아무런 제약이 없어서 전신극을 얻는 순간 단번에 천하제일문으로 성장할 수도 있었다. 물론 그 뿌리는 허약하더라도.

과거 한 명의 절대자에 의해 세워진 천하제일문 북두산문이 바로 그런 경우였다.

"무당은 어쩌실 생각이시오? 전신극을 얻으면 역시 무림맹에 그 처분을 맡길 생각이신지……?"

유정이 대답이 없자 송옥이 물었다.

당신도 욕심이 있지 않느냐는 추궁이다.

"글쎄올시다. 아무래도… 흐흠, 나중 일은 나중에 생각합시다. 그럼 송가장의 무운을 빌겠소이다."

유정이 더 할 말 없다는 듯 싸늘하게 작별을 고했다.

"무당 역시 행운이 있기를 바라겠소."

송옥도 담담한 얼굴로 대꾸했다.

그러자 유정이 가볍게 고개를 까딱여 보이고는 서둘러 자리를 떠났다.

"영악한 자 같으니라고."

멀어지는 유정을 보며 송옥이 불쾌한 표정으로 중얼거렸다.

"조숙부님, 청허자가 몹시 화가 난 듯한데요?"

유정이 멀어지자 젊은 청년 한 명이 송옥 곁으로 다가서며 물었다.

재기 있는 얼굴에 자신만만한 표정. 다만 눈가에 깃든 도도함이 전체적으로 그를 가볍게 보이게 했다.

"화가 났겠지."

"왜 화를 내는 거죠?"

청년이 물었다.

"산아, 그 이유를 정말 모르겠다는 거냐?"

송옥이 엄한 표정으로 청년을 돌아보며 물었다.

그러자 청년이 마치 큰 잘못을 한 사람처럼 흠칫 주눅이 들었다.

"손자가 불민하여……."

청년이 조심스레 대답했다.

"음, 그의 의도는 우리 송가장이 무당을 도와 그들이 전신극을 얻는 것을 도우라는 뜻이었다. 난 그걸 거절한 것이고!"

"아니, 우리 송가장이 자신들 속가도 아니고, 같은 구패의 일원인데 너무 무례한 것 아닙니까?"

청년이 화가 난 표정으로 말했다.

"후후, 언제 저들이 우릴 같은 위치의 문파로 취급해 주었느냐? 우리가 조금 부족한 것도 사실이고. 그래서 더더욱 전신극을 포기할 수 없는 것이다. 전신극을 손에 넣으면… 천하제일문도 꿈은 아니지."

"정말 그렇게 대단한 물건입니까?"

청년이 물었다.

그러자 송옥이 굳은 표정으로 고개를 끄떡였다.

"대단하지. 고금을 통틀어 가장 강력한 병기라고 할 수 있으니까. 무림의 역사에서 전신극을 손에 든 자는 항상 천하제일을 다퉜다. 그러니 누군들 욕심이 나지 않겠느냐?"

"후우… 정말 대단하긴 한가 보군요. 대체 그걸 가지고 있다는 그 괴인은 누굴까요?"

청년이 물었다.

"글쎄, 알 수 없지. 하지만 명심해라. 만약의 경우 그와 만나게 된다면 싸울 생각은 절대 말아야 한다. 전신극을 든 자는 결코 혼자 상대할 수 없다. 뒤로 물러나 기회를 노리는 것이 최선이다."

"명심하겠습니다."

"검산이 너의 어깨에 본 가의 미래가 걸려 있다는 것을 잊지 말거라. 가주의 혈육이 오직 너 하나이니 네 몸을 소중히 생각해야 한다."

"예, 조숙부님!"

송가장의 소가주 송검산이 평소의 도도함을 잠시 숨기고 공손하게 대답했다.

*　　　*　　　*

오손이 빠르게 산비탈을 걸었다.

가파른 기울기를 생각하자면 놀랍도록 편안해서 그야말로 평지를 걷는 듯한 속도다. 등에 커다란 자루를 짊어지고 있다는 것을 생각하면 더욱 특별해 보이는 걸음걸이였다.

오손이 산을 타기 시작한 곳으로부터 뒤쪽으로 이어진 초원에서 그에게 이런저런 물건을 판 유목민 가족은, 산을 오르는 오손을 바라보다가 그의 모습이 숲으로 완전히 사라지자 가축 떼를 몰고 이동하기 시작했다.

"녀석, 정말 볼수록 재주꾼이라니까."

가파른 산중턱에서 부지런히 올라오고 있는 오손을 지켜보던 사송이 중얼거렸다.

"청안족이잖아요."

적월이 대답했다.

"아니, 청안족이어서가 아니다. 단순히 청안족이라는 것만으로 저런 재주를 가지긴 힘들지. 그 이상의 특별한 재주를 타고 난 아이다."

여행 중에는 시도 때도 없이 투닥거리던 사송과 오손이다. 그런데 사송은 투닥거리던 것과 달리 내심으로는 오손에 대해 호감을 가지고 있는 모양이었다. 하긴 호감이 없다면 투닥거릴 일도 없었을 테지만.

"그런가요? 하긴 아우가 보통 무림인들이 갖지 못한 능력을 가진 건 사실이죠."

"욕심나는 재주야. 나이에 비해 사람 대하는 것도 능숙하고……"

사송이 눈빛을 빛내며 말했다.

"본 문에 들어오라고 권해볼까요?"

"그게… 될까? 저 녀석은 아마도 청안족의 고향인 이곳을 떠나지 않으려 할 텐데?"

"아니에요. 이번 일이 끝나면 잠시 우리와 동행해 중원 여행을 가기로 했어요."

"어? 정말?"

사송이 놀란 표정으로 물었다.

"제가 그러자니까 잠시 고민하다 그러겠다고 하더라고요."

"그래? 그랬단 말이지… 흐흠… 불사께서는 어찌 생각하시오?"

사송이 불사 나왕에게 물었다.

그러자 나왕이 잠시 생각에 잠겼다가 침착한 표정으로 대답했다.

"됨됨이나 능력으로 보자면 나 역시 본 문에 들이고 싶은 아이요. 하지만……."

"꺼려지는 일이 있으신 모양이구려?"

"그렇소. 저 아이가 청안족 출신이란 것… 그것이 걸리오."

"음, 과거의 혈겁 때문에 하시는 말씀이구려."

사송도 나왕의 걱정을 알고 있는 듯했다.

"맞소이다. 저 아이에게도 자왕께서 품고 계신 혈월야와 같은 아픔이 도사리고 있소. 그러니 결국 저 아이는……."

"복수를 꿈꾸게 될 것이다. 그리고 십이천문의 문도인 이상 십이천문도 그 복수에서 자유롭지 못할 거란 뜻이구려."

사송의 말에 나왕이 말없이 고개를 끄떡였다.

"하지만 청안족의 멸망에 대한 복수는 조금 애매하잖아요? 이미 칠마와 십육마문이 몰락했으니 복수의 대상이 없지 않습니까?"

적월이 문제 될 것 없지 않느냐는 듯 물었다.

"직접적인 복수의 대상은 아니지만 무림맹 역시 청안족의 멸망에서 자유롭지 못하지 않느냐?"

사송이 반문했다.

"그렇다고 설마 손 아우가 무림맹에 복수하려 하겠어요?"

"그렇지는 않겠지만 적지 않은 분란을 일으킬 수는 있지."

사송이 말했다.

하지만 여전히 적월로서는 납득할 수 없는 이유인 듯싶었다. 그래서 다시 무슨 말인가를 하려는 순간 어느새 그들이 있는 곳까지 올라온 오손으로 인해 말문이 막혔다.

"후아!"

쿵!

오손이 크게 숨을 내쉬며 등에 짊어지고 온 커다란 자루를 땅에 내던졌다.

"수고했어."

적월이 얼른 자루를 집어 들며 말했다.

"그러게요. 좀 힘드네요."

서늘한 기후에도 이마에 땀이 맺힌 오손이 낡은 천으로 땀을 닦으며 말했다.

그런 오손을 보며 사송이 물었다.

"그래, 주변 소식은 좀 들었느냐?"

"온통 무림인 판이래요."

"그렇겠지. 자그마치 전신극이니까."

사송이 고개를 끄떡였다.

"혹 무림맹이 움직였다고 하더냐?"

이번에는 불사 나왕이 물었다.

오손이 산을 내려간 것은 반드시 필요한 물건을 구하기 위해서만은 아니었다.

전신극에 대한 소문이 강호에 퍼진 이상 천산 인근이 시끄러울 수밖에 없었다. 그래서 주변 소식들을 알아오기 위한 목적도 있었다.

"무림맹은 조용하대요. 대신 구패가 움직였더라고요."

"무림맹은 침묵하고 구패가 움직인다라. 구패가 자유롭게 전신극을 두고 경쟁할 수 있는 환경을 만들어주려는 모양이군."

나왕이 중얼거렸다.

"정말 그렇다면 무림맹이 위험한 선택을 한 것 같소이다."

사송이 걱정스러운 표정으로 말했다.

"나도 그렇게 생각하오. 강자존의 법칙을 적용하기에 전신극은 너무 위험한 물건인데……."

나왕도 걱정이 되는 모양이었다. 전신극으로 인해 벌어진 혈란을 무림맹이 방치한다고 생각하는 듯했다.

"구패가 나섰다면 다른 문파들은 감히 도전하기 어렵겠네요."

적월이 말했다.

현 무림에서 누가 감히 구패의 밥상에 도전하겠는가. 그건 죽음과 멸문을 자초하는 일이었다.

그러나 나왕의 생각은 다른 모양이었다.

"구패 모두가 천산으로 몰려온다면 그렇겠지. 하지만 구패로서도 주력들을 모두 이곳으로 보낼 수는 없다. 일부의 고수들만 보내겠지. 본래 무림에서 보물찾기란 그렇게 진행되니까. 그래서 이번 일에는 변수가 많을 것이다."

노련한 나왕의 의견에 적월이 자신이 잘못 생각했다는 것을 금세 인정했다.

"사부님 말씀이 옳은 것 같아요. 주력이 올 수 없다면 정말 변수가 많겠군요."

"예상외로 피를 많이 볼 수도 있다. 그 피 중에는… 반드시 구패의 피도 있을 것이다. 그리고……."

나왕이 잠시 침묵을 지켰다.

그러자 적월이 걱정스러운 표정으로 물었다.

"더 걱정되는 것이 있나요?"

"음… 만약 이 일이 자연스럽게 일어난 일이 아니라 누군가의 음모에 의한 것이라면… 구패조차도 이곳에서 큰 곤욕을 치르게 될 것이다. 그렇게 되면, 어쩌면 이십 년 동안 이어온 구패의 군림 시대가 변화를 맞을 수도 있겠지."

"설마 누군가가 그걸 노리고……."

듣고 있던 오손이 놀란 표정으로 중얼거렸다.

그러자 자왕 사송이 산 아래 펼쳐진 거대한 초원을 가리키며 말했다.

"무림에서 이 천산은 역사적으로 좋은 기억보다는 나쁜 기억이 많은 곳이었지. 마(魔)라는 이름에 무척 어울리는 산이었다고 할까. 아름답기는 하지만……."

제7장
치우의 창(槍)을 쓰는 자

　무림의 고수들이 몰려들고 있다고 해도 천산은 여전히 사람을 구경하기 힘든 곳이다.

　산이라고 부르지만 정확하게는 고산준령의 설봉들이 이어진 산맥이어서 백만 대군이 몰려들어도 너끈히 품에 안을 그런 곳이 천산이었다.

　그러니 강호의 고수 수백이 몰려왔어도 천산이 시끄러워질 일은 없었다.

　천하 각지에서 몰려온 무림의 고수들은 일단 천산 자락에 접어들기 시작하면서부터는 노련한 길잡이를 구하는 것으로 행보를 시작했다.

　그리고 길잡이들로부터 전신극을 쓰는 자가 나타났었던 곳을 안내받아 돌아본 후에는 한 곳에 거처를 정하고 사방으로 귀를 열어 전신극을 쓰는 자가 다시 모습을 드러내기를 기다렸다.

그렇게 모여든 고수의 숫자가 수백에 이른다고도 하고 누구는 일천이 넘는다고도 했다.

그러나 역시 천산은 넓어서 그 품에 들어온 무림인을 구경하는 것이 그리 쉽지는 않았다.

더군다나 천산을 찾은 무인들이 극히 행동을 조심하고 있었다. 그 이유 또한 명확했다.

천하구패. 무림맹의 중추로서 현 무림을 지배하고 있는 천하구패가 각자 전신극을 찾아 각 파의 고수들을 파견했다는 소문이 퍼지자 구패의 위세에 눌린 중소문파나 고수들은 함부로 전신극을 찾아다닐 수도 없었다.

그래서 천산은 조용했다.

설봉들은 여전히 도도하게 하늘을 향해 서 있었고, 그 아래 초원에는 가끔 유목하는 유목민들이 양 떼와 말 떼를 모는 소리 말고는 크게 소란을 일으키는 사람도 없었다.

그런데 그런 고요가 갑자기 깨졌다.

한 가지 소문이 갑자기 천산 곳곳에 깃든 무림고수들에게 퍼졌기 때문이다.

치우의 창을 쓰는 자가 천마루(天魔壘)에 머물고 있다.

누구로부터 시작된 소문인지는 알 수 없었다.

그러나 천산에 들어온 천하의 고수들은 시간 차이는 있을지언정 이 소문을 모두 들었다.

그리하여 수백, 혹은 수천에 이르는 고수들이 며칠 간격으로 전설적인 장소인 천마루를 향해 달리기 시작했다.

*   *   *

"천마루?"

언제나처럼 천산 주변의 소식을 알아보기 위해 산을 내려갔던 오손이 숨 가쁘게 달려와 전하는 소식에 사송이 되물었다.

"네, 천마루요. 아시죠?"

오손이 여전히 숨을 몰아쉬며 물었다.

"물론 알지. 천산을 모르는 사람도, 무림인이라면 천마루는 알고 있을걸?"

사송이 대답했다.

그의 말 그대로였다. 무림에서 칼 밥 먹고사는 사람들 중 천마루를 모르는 사람은 거의 없었다.

천마루는 칠마의 난 때 가장 강력했던 마도 고수, 지금 천하를 뒤흔들고 있는 전신극의 전대 주인이었던 천마 파융이 십 년의 고련 끝에 천하제일의 무공을 완성했다고 알려진 장소였다.

천마루는 얼음과 바위로 이뤄진 거대한 절벽이었는데, 큰 산허리를 둘러싼 모습이 마치 거대한 성채와 같다 해서 루(壘)라는 이름이 붙여진 장소였다.

멀리서 보면 막막하고 비집고 들어갈 틈이 없는 거대한 성채처럼 보이지만 가까이서 보면 또한 그 아래쪽에 이름 모를 계곡과 깊이를 알 수 없는 동굴을 무수히 품고 있어서, 세상에서 몸을 숨기고 무공을 수련하기에는 안성맞춤인 장소로도 유명했다.

그곳에서 천마 파융이 무공을 완성했다는 전설로 인해 천산 근방에서 무공을 수련하는 자들이 자주 찾아오는 명소이기도 했다.

정사를 막론하고 천마 파융 같은 고수의 수련지를 찾아보는 것은 무림인들에게 나름대로 의미 있는 일이기 때문이었다.

물론 개중 몇몇 삼류무사들은 혹시라도 천마 파융의 무공이 숨겨져 있지 않을까 하는 기대를 품기도 했다. 하지만 그곳에서 파융의 무공이 발견되었다는 소문은 아직 없었다.

그런 곳에 전신극을 쓰는 자가 나타났다는 소문을 듣는 순간 사송은 오히려 얼굴에 의심을 드러냈다.

"왜요? 의심스러우세요?"

적월이 사송의 표정을 읽고는 물었다.

"음, 의심스럽다기보다는 너무 공교로워서."

"공교롭다니요?"

"전신극도 천하 파융의 물건이었고, 괴고수가 처음 출현한 곳도 과거 파융의 구중천이 있던 곳이지. 그런데 다시 천마 파융과는 떼놓을 수 없는 천마루라니. 왜 모든 것이 천마 파융의 이름과 연관이 되는 거지?"

사송이 스스로에게 묻는 것처럼 물었다.

"역시 전신극을 쓰는 자가 구중천과 연관이 있는 것 아닐까요? 애초에 출현한 곳도 그렇고."

"하지만 그렇다면……."

더욱 설명이 되지 않는다.

구중천과 연관된 자가 십이지방의 대형이었던 신왕 학사검 종선의 무공을 알 리 없지 않은가.

만약 두 가지 모두 사실이라면 생각하기도 싫은 가정을 해야 된다.

학사검 종선이 구중천과 모종의 연관이 있었다는.

하지만 그 역시 논리적으로는 전혀 맞지 않는 가정이었다.

구중천 깊은 곳에서 전신극을 탈취해 천마 파융과 구중천의 멸망을 가져온 것이 바로 십이지방, 그리고 그 일을 주도한 것이 학사검 종선이기 때문이다.

"풀리지 않는 수수께끼로 고민할 필요는 없소. 당사자를 만나 보면 알게 될 일."

나왕이 사송이 고민에 빠진 것을 보며 말했다.

"하긴 내가 여기서 고민한다고 알 수 있는 일은 아니지. 일단 가봅시다."

자왕 사송이 자리를 털고 일어났다.

그러자 오손이 재빨리 물었다.

"빠른 길로 갈까요? 아니면 천천히 편히 가실래요?"

"얼마나 걸리겠냐?"

사송이 물었다.

"빠른 길로 가면 삼 일, 천천히 가면 오륙 일 정도요."

"그럼 천천히 가자."

"아니, 왜요? 빨리 가야 그를 만나죠?"

오손은 지금까지 자왕 사송이 풀리지 않는 수수께끼를 두고 고민한 것을 보았기에 의아한 표정으로 물었다.

"지난번에도 말했지만 그를 먼저 만나 위험을 자처할 필요는 없다. 어떤 자들이 왔는지… 그리고 이 일에 어떤 함정이 도사리고 있지는 않은지 확인할 필요가 있어. 더군다나 빨리 간다 해도 천마루 근처에 있던 자들보다 빠르겠느냐?"

"헤헤, 듣고 보니 그러네요. 아무리 빨리 가도 천마루 근처에 있던 자들보다는 늦을 수밖에 없죠. 알았어요. 그럼 편하고 쉬운 길로 안내할게요."

오손이 자리를 털고 일어났다.

일행은 오손을 따라 한동안 머물렀던 가파른 산비탈 공터를 떠나기 시작했다.

*   *   *

두 개의 세상이 아래위로 공존하는 듯 보였다. 눈부신 하늘과 어두운 지하 세계, 그 두 세계가 함께 모습을 드러냈다.

위쪽으로는 빙벽과 매끈한 바위로 이뤄진 장대한 절벽이 자리 잡고 있고, 아래쪽으로는 수없이 많은 동굴들과 움푹한 웅덩이, 그리고 가끔 절벽을 신의 도끼로 찍어 만든 것 같은 깊은 협곡들이 존재했다.

빛은 교묘하게도 절벽의 위쪽만 비출 뿐 동혈이 산재한 절벽 아래로는 거의 들어오지 않았다.

그래서 절벽 아래쪽은 마치 지하 세계로 통하는 관문 같은 느낌을 주기도 했다.

그렇게 수평선이 바다와 하늘을 가르듯 어둠과 빛이 대비되는 거대한 절벽을, 사람들은 천마루라 불렀다.

한때 천하제일마를 자처하고, 강호에서도 그 지위를 인정했던 마도 무림의 거두, 천마 파융이 무공을 수련했던 것으로 알려진 바로 그 천마루였다.

그런 천마루 앞으로 일단의 무림인들이 다가서고 있었다. 그들은 마치 쫓기듯 천마루를 향해 달려가고 있었는데, 마치 누군가가 자신들의 뒷덜미를 곧 낚아채기라도 할 듯 급한 기색이 역력했다.

"방주님!"

급히 달리던 무리 앞에 갑자기 검은 그림자가 불쑥 모습을 드러냈다. 천마루의 어두운 그늘 속에서도 안광이 시퍼렇게 살아 있는 자다.

"찾았느냐?"

무리를 이끌고 달리던 자가 길을 막고 나타난 자에게 물었다.

"그렇습니다."

"어디냐?"

"북쪽으로 삼백 장입니다."

"다 왔구나."

"다른 자들은?"

"없습니다. 우리 무자방이 가장 빠릅니다."

"좋아. 최대한 빨리 승부를 보고 천산을 벗어난다. 이후 삼 년의 봉문이면 전신극을 자유자재로 다룰 수 있을 것이다. 그럼 감히 구패가 문제겠느냐? 서둘러라!"

방주란 자가 호기롭게 외쳤다. 그리고 자신이 먼저 천마루의 북쪽으로 달리기 시작했다.

그르륵 그르륵!

사내는 어둠과 빛의 경계선에 있는 바위 위에 앉아서 건너편 바위에 대고 창을 긁어대고 있었다.

창신 끝머리를 잿빛 가죽 천으로 덮어서 창신이 온전히 모습을 드러내지 않았지만, 삐쭉 바늘처럼 삐져나온 창끝만으로도 그가 들고 있는 창이 얼마나 날카로운 것인지 알 수 있었다.

더군다나 장난삼아 긁어대는 손길에도 창끝에 닿은 바위에 무처럼 깊은 상흔을 남기고 있어서 더욱더 창끝의 날카로움과 사내의 무공 깊이가 도드라졌다.

"젠장… 사부는 날 살인귀(殺人鬼)로 만들 생각인가?"

바위를 긁어대던 사내가 불평을 늘어놨다.

그르륵 그르륵!

시간이 지날수록 창끝을 따라 흘러내리는 바위 부스러기들이 많아졌다. 그럴수록 바위에는 더 큰 흠집이 파여갔다.

"적풍사 따위야 그렇다 치고. 지금 천산으로 몰려드는 자들은 모두 나름대로 고수 소리를 듣는 자들인데, 그들 모두를 죽이라니… 더군다나 구패도 있단 말이야."

퍽!

한순간 사내가 창을 긁어대던 바위에 찔러 넣었다. 그러자 창이 가죽 천에 감긴 채 한 자 이상 바위를 뚫고 들어갔다.

"구패건, 마두들이건 전신극을 탐하는 자는 모두 죽이라니… 결국 날 살인귀로 만들겠다는 건데… 젠장, 목숨 빚을 지고 무공을 배웠다고는 해도 살인귀로 살아가기는 싫은데."

쾅!

사내가 창대를 매섭게 돌렸다. 그러자 날카로운 파공음을 내며 바위에 꽂힌 창이 회전했다.

쩡!

창이 회전하는 순간 벼락 치는 소리가 나면서, 창이 꽂혀 있던 바위가 반으로 갈라졌다.

천하의 그 누구도 함부로 흉내 낼 수 없는 무공이다. 경악할 만한 공력이 아닐 수 없었다.

"까짓, 죽이라면 죽이지 뭐. 살인귀든 뭐든, 어쨌거나 난 절대자가 될 거니까. 사부조차도 어쩔 수 없는. 결국 천하가 나 대량 앞에 무릎을 꿇을 것인데 살인귀면 어떻고 영웅이면 또 무슨 상관인가. 보자… 첫 번째 제물들이 오는구나."

사내가 앉은 채로 고개를 돌렸다.

그의 눈에 무서운 속도로 달려오는 일단의 무리들이 보였다.

어두운 천마루 하단을 따라 북쪽으로 달리던 무리들이 한순간 거짓말처럼 걸음을 멈췄다. 그들의 눈에, 천에 감긴 기다란 창을 손에 들고 바위에 앉아 있는 사내가 보인 순간이었다.

사내는 그들을 발견하고도 바위에서 일어나지 않았다. 그저 지나가는 여행객을 발견한 듯 멀뚱멀뚱 일행을 바라볼 뿐이었다.

그러자 호기롭게 사내에게 다가오던 자들도 잠시 당황한 듯 쉽사리 사내에게 접근하지 못했다.

대신 그들의 우두머리, 자신들을 무자방이라고 말한 자들의 우두머리가 길을 안내해 온 수하에게 물었다.

"그자가 맞느냐?"

"그렇습니다."

"너무 젊지 않느냐? 모습도 허술하고……."

천산을 넘어 천하무림을 뒤흔든 전신극의 주인이라고는 믿을 수 없을 만큼 수더분한 사내의 모습에 무자방의 방주는 그가 소문의 그 괴고수임을 반신반의하는 듯했다.

"그의 손에 들린 것이 바로 전신극입니다."

다른 어떤 증거도 필요 없다는 듯 수하가 대답했다. 그러자 무자방의 방주 역시 그제야 고개를 끄떡였다.

"하긴 전신극을 들고 있다면 그일 수밖에 없지."

"어찌할까요?"

뒤에 서 있던 또 다른 중년의 수하가 물었다.

"뭘 어쩌겠는가? 여기까지 왔는데. 다른 자들이 오기 전에 승부를 볼밖에."

"방주님, 제 생각은 여전히……."

"다른 자들의 뒤에서 기회를 노리자고?"

"그렇습니다. 소문대로 저자가 적풍사를 홀로 감당했다면……."

"어찌 마적 떼 따위를 본 방과 비교할 수 있단 말인가?"

방주란 자가 화가 난 표정으로 말했다.

"물론 그렇긴 합니다만 그래도 위험을 피하시는 것이……."

"이젠 우리 무자방도 강호의 경쟁에서 뒤로 물러나 있을 수만은 없네. 그렇게 위험을 회피하며 세력을 키우는 시절은 이미 끝났네. 이젠 강호의 전면에 나서서 본 방의 힘을 드러낼 때야. 그래야 제대로 된 고수들이 모일 걸세. 이대로는 더 이상 성장할 수 없다는 것을 부방주도 잘 알고 있지 않은가?"

"그야 그렇습니다만. 그래도 전신극의 주인은 좀……."

"그래 봐야 혼자네. 우린 본 방의 정예들이고. 가세. 난 이 기회를 놓치고 싶지 않네."

무자방의 방주가 단호하게 결정을 내리고는 자신이 먼저 사내를 향해 다가가기 시작했다.

"시작인가?"

사내가 자신을 향해 다가오는 스무 명가량의 무자방 무사들을 보며 중얼거렸다. 귀찮은 듯도 하고 혹은 꺼려하는 듯도 했다.

그러면서도 여전히 바위에 앉아 있는 것은 변함이 없었다.

그러는 사이 무자방의 방주가 방도들을 이끌고 사내의 오 장 앞으로 다가섰다.

그러고는 차가운 안광을 뿜어내며 물었다.

"그대가 전신극의 주인인가?"

"……"

사내는 대답을 하는 대신 무심한 표정으로 무자방의 방주를 바라봤다.

"전신극의 주인이 맞는가?"

무자방의 방주가 다시 물었다.

그제야 사내가 느리게 대답했다.

"사람들이 이 창을 그렇게 부르더군. 하지만 난 전신극이라는 이름보다는 치우의 창이라는 말이 더 좋더군. 치우가 전신으로 불리기도 하고, 치우란 이름이 좀 더 그럴싸하잖아?"

대뜸 반말이다.

그 말투에 무자방주의 표정이 굳었다.

"난 무자장의 방주 신군 도흘이다. 내 이름을 들어봤느냐?"

무자방주 신군 도흘 역시 이제는 사납게 말투가 변했다.

"무자방이라… 청해의?"

"본 방을 알고 있구나."

신군 도흘이 의외라는 듯 되물었다.

"칠마의 난이 끝난 후 천하마문을 대표하던 십육마문은 몰락했지. 물론 개중 명맥을 유지하는 곳도 있지만, 그들조차도 무림의 어둠 속으로 스며들어 무림맹의 추살을 피해야 하는 실정이었고. 그 틈을 노려 칠마의 난 이전에는 감히 마문이라는 이름조차 내세우지 못했던 작은 마문들이 세력을 얻기 시작했지. 그중 한 곳이 청해 무자방이라던가."

사내가 무자방의 내력을 줄줄이 읊어댔다.

그러자 무자방주 신군 도흘의 표정이 좀 더 심각하게 변했다.

"그저… 운이 좋아 전신극을 얻은 유랑 무인이 아니었던가?"

무림이 사정을 이토록 자세히 알고 있다는 것은 이 괴고수가 단순한 떠돌이 무사가 아니라는 것을 의미한다.

"이런들 저런들 무슨 상관인가? 이걸 가지러 온 것 아닌가?"

갑자기 사내가 자리에서 일어나 들고 있던 창을 휘둘렀다.

펄럭!

허공으로 휘저어진 창에서 낡은 가죽 천이 벗겨져 나갔다. 가죽 천이 벗겨진 창신이 눈부신 몸뚱어리를 드러냈다.

"아!"

무자방의 방도들이 창날을 드러낸 전신극의 눈부신 자태에 자신들도 모르게 탄성을 흘렸다.

어떤 자는 마치 여인의 나신을 본 것처럼 황홀경에 빠진 것 같기도 했다.

"멋지지? 멋진 놈이야. 그런데 이놈을 감당할 만한 실력들은 있나?"

사내가 전신극을 자신의 몸 주위로 휘두르며 물었다.

전신극이 허공을 가를 때마다 눈부신 빛 무리가 생겨나 사내를 화려한 광채에 휘감기게 만들었다.

"음……."

무자방의 방주 신군 도흘이 낮은 신음성을 흘려냈다. 다른 방도들처럼 전신극의 화려함에 취한 것은 아니었다. 그의 눈에 숨길 수 없는 탐욕의 빛이 드러나고 있었다.

그 순간 사내가 전신극을 자신이 서 있는 바위에 내려찍었다.

쿵!

전신극의 창대가 바위를 반 자 가까이 뚫고 들어갔다.

"자, 능력이 있다면 와서 가져가 보라."

사내가 무자방의 방도들을 보며 소리쳤다. 그리 크지 않은 목소리였지만 이상하게도 사내의 목소리가 천마루를 타고 올라 산 전체에 울려 퍼지는 것 같았다.

그런 사내의 모습에 무자방의 무인들은 두려움을 드러냈지만 무자방주 도흘의 욕망은 잠재우지 못했다.

"모두 들어라. 오늘 이 한판의 싸움에 본 방의 운명이 걸렸다. 천하의 지배자가 되느냐, 아니면 청해의 산골짜기에서 마졸 소리를 들으며 살아가느냐는 오직 이 한판의 싸움에서 결정될 것이다. 그러니 목숨을 아끼지 말고 최선을 다하라."

"예, 방주!"

신군 도흘의 명에 몇몇 무자방의 고수들이 대답했다. 그러나 개중 절반 이상은 이 싸움에 대한 두려움 때문에 제대로 대답조차 하지 못했다.

"좋아. 무자검진을 펼쳐 놈을 가둔다. 가자!"

신군 도흘이 명을 내리고는 자신이 먼저 몸을 날렸다.

그러자 무자방의 방도들이 일제히 도흘을 따라 사내를 향해 달려갔다.

기이한 검진이었다.

두서가 없다고 생각되어지는 형태로 원형을 이루며 늘어선 무자방도들의 검진은 그래서 그런지 선뜻 파훼법이 떠오르지 않는 난해함을 가지고 있었다.

이 무자검진이야말로 무자방을 청해의 강자로 만든 검진으로서, 한번 적을 가두면 적의 몸이 형체를 알아볼 수 없을 만큼 산산조각이 나야 풀린다는 극악한 검진이었다.

무자방이 마도로 불리는 이유이기도 한 검진이었다.

극악한 검진이라는 것을 증명이라도 하듯 고슴도치의 가시처럼 삐져나온 스무 개의 검날이 사내를 에워쌌다.

그럼에도 불구하고 사내는 심드렁한 표정으로 자신에게 가해지는 무자검진의 압력을 받아내고 있었다.

"무자검진에 들어온 이상 너에겐 더 이상 기회가 없을 것이다. 순순히 전신극을 내놓아라!"

무자방의 방주 신군 도흘이 사내를 보며 경고했다.

그러자 사내가 히죽 미소를 지으며 대답했다.

"내 사부가 겨우 너희들 따위나 상대하라고 나에게 전신극을 준 것이 아니야. 제대로 날 상대하려면 적어도 구패 정도는 되어야지. 하지만… 시작으로서는 너희들도 나쁘지 않지. 너희들을 본보기로 삼으면 적어도 나중에 어중이떠중이가 달려드는 일은 없을 테니까."

말이 끝나는 순간 사내의 손에 들려 있던 전신극이 하늘을 찌를 듯 허공으로 솟구쳤다.

번쩍!

눈부신 광채가 터져 나오더니, 하늘에서 떨어지는 한 줄기 벼락같은 섬광이 허공을 갈랐다.

"악!"

순간 무자방의 검진 일부가 속절없이 깨지면서 서너 명의 무자방도들이 피를 뿌리며 허공으로 날아갔다.

"사부가 원한 것이 미친 살인마라면 그렇게 해준다. 대신 결국 천하는 내가 갖겠어."

괴사내의 입에서 자신을 공격하는 무자방이 아닌 자신의 사부에 대한 원망이 묻어났다.

"놈을 죽엿!"

단번에 검진의 한쪽을 깨뜨리는 괴고수의 무지막지한 무공을 보고도 무자방주 신군 도흘은 전신극에 대한 욕심을 버리지 못했다.

그의 명에 따라 무자방의 방도들이 일제히 괴인을 향해 검을 내밀었다.

촤아악!

비록 오지인 청해에 치우친 방파라 해도 한 지역을 제패한 자들의 무공이 녹록할 리 없었다.

무자방도들이 일제히 뻗어내는 검들 중에는 검기를 만들어내는 것도 여럿 있었다.

한순간 괴고수가 무자방도들의 검날에 휘감겼다. 그물에 걸린 상어처럼 괴고수가 무자방도들의 검날에 수십 토막이 나려는 순간, 괴고수가 갑자기 전신극을 자신의 가슴 앞에 수평으로 세우더니 무섭게 회전하기 시작했다.

고오오!

괴고수가 회전함에 따라 전신극도 바람개비처럼 돌기 시작했다. 사람과 창이 한순간에 회오리바람을 일으켰고, 급기야 괴고수와 전신극 모두 사람들의 시야에서 사라졌다.

쩌저적!

그리고 무서운 공기의 소용돌이 속에서 벼락 치는 소리가 일어났다.

단순히 벼락 치는 소리만이 아니었다. 그 소리와 더불어 방향을 종잡을 수 없는 가는 빛줄기들이 사방으로 뻗어나갔다.

그리고 그 빛에 닿는 것은, 사람이든 검이든 상관없이 그대로 파괴됐다.

쩌저적!

검이 갈라지고 사람의 몸이 두 동강 났다.

"크아악!"

참을 수 없는 고통의 비명이 천마루를 뒤흔들었다.

그리고 일어나는 혈무들, 무자방도들이 흘린 피가 붉은 혈무가 되어 천마루를 타고 오르기 시작했다.

"허… 헉! 이, 이게……."

무자방주 신군 도흘이 자신의 눈앞에서 벌어진 일을 차마 믿을 수 없다는 듯 말을 잇지 못했다.

그의 몸에도 피가 낭자했다. 하지만 그 피는 자신이 흘린 피가 아니었다. 방금 전까지 자신의 명이라면 죽음도 불사하던, 시퍼렇게 살아 있던 자신의 수하들이 흘린 피였다.

생각해 보면 단 일각도 지나지 않은 과거였다. 그런데 지금 그의 곁에서 숨 쉬는 수하는 겨우 세 명에 지나지 않았다.

"바, 방주님! 도망가야 합니다."

오랜 세월 신군 도흘과 고락을 함께한 부방주 공후의 목소리가 들렸다.

순간 신군 도흘이 퍼뜩 정신을 차렸다. 그러고는 본능적으로 몸을 날려 십여 장 뒤로 물러났다.

그를 따라 부방주 공후와 운 좋게 목숨을 건진 두 명의 방도가 함께 뒤로 물러났다.

그런데 걱정과 달리 전신극의 주인은 굳이 그들을 죽이려 들지 않았다. 그는 처음 자신이 앉아 있던 바위에 선 채 심드렁한 표정으로 신군 도흘을 바라보고 있었다.

"이… 악독한… 놈!"

괴고수가 더 이상 자신을 공격하지 않는 것에 안도했는지, 도흘이 도망가던 걸음을 멈추고 괴고수를 바라보며 이를 갈았다.

"이놈을 원하는 순간 이런 결과가 찾아올 수도 있다는 것을 각오했을 텐데. 다른 그 무엇도 아닌 전신극이잖아?"

방금 전 십수 명의 목숨을 일거에 끊어버린 사람이라고는 믿을 수 없을 만큼 침착한 말투다.

"이놈! 그렇다 한들……."

"무자방… 너희들이 청해성을 장악할 때 저질렀던 패악한 일에 비하면 이 정도는 약과 아닌가?"

사내가 다시 말했다.

그러자 무자방주 신군 도흘의 얼굴이 벌겋게 상기되었다.

사실 따지고 보면 악독하기로는 신군 도흘과 무자방도들도 둘째가라면 서러운 자들이었다.

스스로 칠마를 숭앙하고 십육마문의 뒤를 이어 마도의 기둥이 되겠다고 공공연히 말하던 자들이다. 당연히 청해성에서 세력을 키울 때 극악한 짓을 밥 먹듯이 했던 무자방이다.

만약 중원의 무림이었다면 무림맹의 눈이 무서워 감히 할 수 없는 짓거리들도 청해성의 깊은 산지 속에서는 얼마든지 가능했다.

그러니 지금 신군 도홀이 누구에게 악독하다는 말을 하는 것 자체가 어불성설이었다.

"네놈… 반드시 복수를 하고 말겠다. 무자방의 모든 방도들을 데려와서라도 가죽을 벗기고 말리라."

신군 도홀의 악독한 본성을 숨기지 않고 드러냈다.

그냥 겁을 주기 위해 한 말이 아니었다. 신군 도홀은 정말 괴고수를 제압하면 그 가죽을 벗기고도 남을 인간이었다.

"흐흐, 이거 너무 겁이 나는군. 그래서 살려둘 수가 없네?"

괴고수가 빙그레 미소를 지었다.

순간 신군 도홀은 자신의 실수를 깨달았다.

괴고수와의 말싸움에 빠져 도망갈 기회를 계속해서 놓치고 있었던 것이다. 지금이라도 괴고수가 달려들면 살아 도망갈 기회가 없을 수도 있었다.

신군 도홀이 자신의 처지를 깨닫고는 더 이상 말대꾸를 하지 않고 훌쩍 몸을 날렸다.

그런데 그 순간, 괴고수 역시 자신이 서 있던 바위를 박차고 허공으로 날아올랐다.

신군 도홀은 부방주 공후와 다른 두 명의 방도들이 어디에 있는지조차 신경 쓸 여력이 없었다. 그에게는 오직 살아서 도망가야 한다는 본능만이 남아 있었다.

괴고수가 바위에서 날아올라 커다란 새처럼 자신의 머리 위에 그림자를 드리우는 순간, 머릿속이 하얗게 변해 어떤 생각도 할 수 없는 지경에 처했던 것이다.

괴고수의 무공은 도흘이 상상하는 것 이상이었다.

물론 무자방도들을 일거에 도륙해 그 무서움을 이미 경험했지만, 그건 단지 전신극의 위력 때문이라고 생각했던 도흘이었다.

그런데 괴고수는 전신극이 아니더라도 경악할 만한 무공을 가지고 있었다.

단 한 번의 도약으로 십여 장 떨어진 도흘의 머리 위까지 날아온 움직임만으로도, 그 강함을 증명하고 남음이 있었다.

"젠장!"

도흘의 입에서 자신도 모르게 욕설이 흘러나왔다.

괴고수는 잔인했다.

이미 도흘의 등 뒤까지 따라붙어 전신극을 쓰면 단번에 도흘의 목숨을 끊을 수 있음에도 불구하고, 그는 단지 창을 흔들어 그림자로 도흘을 위협할 뿐 정작 제대로 공격하지 않았다.

그래서 도흘은 마치 매에게 쫓기는 들쥐처럼 두려움에 떨면서도 걸음을 멈추지 못했다.

하지만 사냥당하는 들쥐는 결국 자신의 운명을 안다.

도흘도 이 기이한 창의 주인이 자신을 절벽 쪽으로 몰아가고 있음을 깨달았다. 부방주 공후와 다른 두 명의 무자방도들은 그와는 다른 길로 도주하고 있었다.

"망할 놈들!"

도흘의 입에서 욕설이 흘러나왔다.

비록 마인들이라 해도, 명색이 방주인 자신이 쫓기고 있는데 자신을 구할 생각은 않고 살길을 찾아 다른 방향으로 도주한 세 사람에게 분노가 치솟았다.

그러나 그들에게 충성심을 기대할 수 없다는 것은 그 스스로 더 잘 알고 있었다.

턱!

한순간 도흘의 발이 멈췄다. 물론 용기를 내서 전신극의 주인과 싸울 생각으로 멈춘 것은 아니었다. 그가 걸음을 멈춘 것은 더 이상 갈 곳이 없기 때문이었다.

도흘이 재빨리 주변을 돌아봤다. 그러나 그의 앞을 막아선 막막한 높이의 천마루에는 어떤 도주로도 존재하지 않았다.

처음 천마루 하단에 위치한 그 많던 동혈들조차도 웬일인지 지금은 찾아보기 힘들었다.

그래서 결국 도흘은 자신의 의지와 상관없이 몸을 돌려 전신극의 주인과 마주 설 수밖에 없었다.

쿵!

전신극의 주인이 도흘 앞에 내려섰다. 건장한 체구를 견디지 못하고 땅을 뒤흔들렸다.

"여기까진가?"

괴고수가 도흘을 보며 물었다.

"네가 이리로 날 몰아온 것이 아니냐?"

"그래도 정신은 살아 있나 보군. 그걸 눈치챈 걸 보면. 난 정신 없이 도망이나 가는 줄 알았는데."

괴고수가 도흘을 보며 말했다.

"난 무자방의 방주다. 어려움에 처한다고 혼백을 빼놓지는 않아."

"그렇군. 제정신이 있다니 말하기도 편하겠군. 넌 둘 중 하나를 선택할 수 있다."

"무슨 말이냐?"

도홀이 눈을 가늘게 뜨며 물었다. 그러면서도 그의 눈이 반짝이는 것은 어쩌면 살길이 열릴 수도 있다는 기대 때문이었다.

둘 중 하나를 선택하라는 것은 죽음 이외의 다른 길도 있다는 뜻이다.

"여기서 내 창에 찔려 죽는 것, 아니면 평생 내 종복으로 살아가는 것. 그동안은 혼자 지내는 것이 불편하지 않았지만, 이젠 그럴 수 없을 것 같아서 말이야. 무림의 모든 야망가들이 날 찾아오고 있으니 번거로운 일을 대신해 줄 사람이 필요하단 말이지."

사내의 말에 도홀이 한순간 분노를 터뜨리려다가 겨우 화를 참았다. 분노해 봤자 돌아오는 것은 죽음뿐이다.

그것보단 모양새를 좀 더 좋게 가져갈 수 있다면 항복하는 것도 그리 나쁜 것은 아니라는 생각이 드는 도홀이었다.

"난 대무자방의 방주였다. 청해의 지배자였던 내가 어찌 누군가의 종복이 될 수 있단 말인가?"

"그럼 죽겠다는 뜻이군."

괴고수가 두 번 설득할 필요도 없다는 듯 전신극으로 도홀을 겨눴다. 그러자 도홀이 급히 고개를 저으며 말했다.

"종복이 아니라 그대를 따르는 수하라면 모를까."

도홀의 급한 말에 사내가 피식 실소를 흘렸다.

"종복이나 수하나 오십보백보지."

"다르다. 수하는 군림의 행보를 함께하는 사람이니까."

"군림의 행보라… 뭐 좋을 대로 생각해. 결국 내게 항복하겠다는 거지?"

사내가 물었다.

그러자 도흘이 잠시 망설이다 그 자리에 푹 무릎을 꿇으며 소리쳤다.

"신군 도흘, 주군을 뵙습니다."

반백의 머리를 한 도흘의 행동치고는 너무 어이없는 굴복이라 괴고수조차 순간 당황한 표정으로 도흘을 바라봤다.

그러나 도흘의 표정에서는 어떤 부끄러움도 찾아볼 수 없었다. 강자에게 복종하는 것이 마도무림의 법칙이란 것을 누구보다 잘 알고 있는 도흘이기 때문이다.

"아쉬움은 없어?"

사내가 물었다.

"무자방을 이끌고 할 수 있는 일은 겨우 청해성의 주인 노릇뿐. 그러나 주군을 따른다면 천하를 노려볼 수 있을 텐데 뭐가 아쉽겠습니까?"

"그러나 용의 꼬리와 뱀의 머리는 다르지."

사내가 말했다.

"설마 이 도흘을 용의 꼬리로만 쓰시렵니까?"

항복은 했지만 자신의 재주에 대해서는 여전히 자신감을 가지고 있는 도흘이었다.

제대로만 써준다면 일인지하만인지상의 위치도 노려볼 만하다고 생각하는 듯했다.

"용 꼬리가 될지 팔다리가 될지는 모르겠지만 일단 항복하겠다?"

사내가 귀찮다는 듯이 물었다.

"그렇습니다."

도흘이 복종에 익숙한 자처럼 넙죽 머리를 조아리며 대답했다.

"좋아. 그럼 가서 먹을 걸 좀 구해 와."

"예?"

갑작스러운 명령에 도흘이 어리둥절한 표정으로 물었다.

"배가 고프다고."

"하지만 그런 일은……."

"그래서 내가 처음부터 말했잖아? 내 종복이 되는 거라고."

사내의 말에 도흘의 표정이 일그러졌다. 이 괴상한 주군은 정말 자신을 종복 부리듯 대하려는 듯했다.

"그래도……."

"하기 싫으면 저놈들에게 대신 시키던지?"

사내가 눈짓으로 천마루 반대편에 위치한 숲을 가리켰다.

도흘이 시선을 돌리니 숲에는 그를 버리고 도망간 부방주 공후와 살아남은 두 명의 무자방도가 도흘의 운명이 어찌 되나 침을 삼키며 지켜보고 있었다.

"저놈들이?"

자신을 버리고 도망간 것에 화가 난 도흘이 당장에라도 달려가 세 사람을 죽여 버리려는 듯 자리에서 일어났다.

"그들을 죽이면 그대가 먹을 걸 구해 와야 해."

사내가 심드렁하게 말했다.

"그… 렇군요. 일단 제게 시간을 좀 주십시오. 일단 저놈들을 혼내고……."

"이각, 그 안에 토끼든 사슴이든 잡아와. 건량만 먹는 데 지쳤어. 오늘 내 첫 수하를 얻은 기쁨을 누려보자고."

사내가 단호하게 말했다.

그러자 도흘의 표정이 다시 일그러졌다. 하지만 어쩔 수 없다는 듯 머리를 숙이며 대답했다.

"알겠습니다. 잡아오지요."

"도망갈 생각은 하지 마. 이각 안에 돌아오지 않으면 반시진 안에 네 머리를 목에서 뽑아줄 테니까."

사내가 잔혹한 경고를 아무렇지도 않게 뱉어냈다.

"그래도 약속은 지키며 살아왔습니다."

"마도에 약속은 무슨 약속, 그냥 겁이 나면 시키는 대로 하라는 거지."

사내가 퉁명스럽게 말했다.

"어쨌든 돌아올 겁니다. 그런데……."

"뭐?"

"지금 이곳으로 강호의 고수들이 몰려오고 있는데 계속 이곳에 계실 겁니까?"

"내가 부른 거야."

"예?"

"그자들이 날 추격해 오는 것이 아니라 내가 그자들을 이곳으로 부른 거라고."

"하지만……."

도흘이 아무리 전신극의 주인이라도 천하무림의 고수들을 홀로 상대할 수는 없는 일이 아니냐는 듯 사내를 바라봤다.

그러자 사내가 훌쩍 바위 위로 날아올라 편한 자세로 누우며 말했다.

"걱정 마. 이곳은 내 안방 같은 곳이야. 백이든 천이든 아무리 많은 무리들이 몰려와도 상관없어. 그러니까 얼른 먹을 거나 잡아와."

도홀은 사내를 온전히 믿을 수는 없었다. 그러나 그렇다고 믿지 않을 수도 없는 것이, 사내의 태도와 말투가 너무 담담했다.

그래서 결국 도홀은 반신반의하면서도 사내의 말을 따르기로 했다.

"그럼 다녀오겠습니다."

도홀이 눈을 감고 있는 사내에게 꾸벅 머리를 숙여 보이고는 자신의 수하들이 있는 곳을 향해 달려가기 시작했다.

제8장
전율

타탁타탁!

마른 통나무가 용암처럼 달아오르면서 날카로운 소리를 계속 만들어냈다.

통나무를 태워 만든 모닥불 위에는 토끼 세 마리가 나란히 나무 막대에 꿰여 노릇하게 익어가고 있었다.

토끼에서 떨어지는 기름이 모닥불에서 나는 소리를 좀 더 요란하게 만들었다.

사내는 모닥불로부터 조금 떨어진 바위 위에서 다른 때와 마찬가지로 흐트러진 자세를 취한 채 앉아 있었다.

가끔 어둑해진 하늘의 별을 바라보는 것 같기도 하고 혹은 깊은 상념에 빠진 듯 멍한 시선을 하긴 했지만, 가까이서 사내를 지켜보는 무자방주 도흘은 사내가 사실은 졸고 있다는 것을 누구보다 잘 알고 있었다.

"눈 좀 붙일 테니 다 익으면 깨워."

사내가 모닥불을 피울 때 한 소리였다.

그런 사내를 보며 도흘은 자신의 선택에 대해 잠시 회의에 빠지기도 했고, 또 어느 순간에는 잘 선택했다고 스스로 자위하기도 했다.

이젠 뛰어난 고수가 아니라도 누구나 알 수 있는 사실, 천마루 맞은편 숲에 적지 않은 강호고수들이 도사리고 있다는 것을 알면서도 눈을 붙일 수 있다는 것은 사내가 그만큼 자신의 무공에 자신이 있다는 뜻일 것이다.

그런 사내라면 충분히 도흘이 남은 인생을 맡겨볼 만한 사람이란 생각이었다.

하지만 만약 자신감이 아니라 나태한 것이라면 도흘의 선택은 그야말로 최악의 결과를 가져올 것이 분명했다.

"아니야. 설마 그럴 리는……"

도흘이 졸고 있는 사내를 보며 후자의 경우가 아닐 거라 스스로 위로하면서 고개를 저었다.

"뭐야? 다 됐나?"

도흘의 중얼거림에 사내가 깼다.

"아, 아직… 거의 다 되어갑니다."

토끼 고기를 굽고 있던 무자방의 부방주 공후가 아직 토끼 고기가 익지 않은 것이 큰 잘못인 듯 얼른 대답했다.

"다 익은 것 같은데?"

사내가 모닥불 위에서 연신 기름을 흘리고 있는 토끼를 보며 말했다. 겉으로 보기에는 노릇하게 잘 익은 듯 보였기 때문이다.

"겉만 그렇지 속은 아직……."

"그래? 그럼 된 거지."

사내가 훌쩍 몸을 일으켜 바위에서 날아내렸다. 그러자 그의 몸이 마치 바람에 날리는 낙엽처럼 부드럽게 모닥불 근처까지 다가왔다.

그 모습을 보며 무자방주 도흘이 새삼 안도의 한숨을 내쉬었다. 이런 움직임을 보일 수 있는 사람은 천하에 손에 꼽을 정도일 것이고, 그런 사람의 손에 전신극이 들려 있다면 당연히 현 무림천하제일인을 자처할 수 있다는 생각에서였다.

결국 도흘 자신의 선택은 옳았다는 것을 사내가 직접 몸으로 보여준 것이었다.

"줘봐."

모닥불 근처에 내려선 사내가 손을 내밀었다.

그러자 공후가 망설이면서도 목에서 꽁지까지 나무 꼬챙이에 꽂힌 채 익어가던 토끼 한 마리를 건넸다.

"좋군."

사내가 토끼 고기를 받아 들고 냄새를 맡으며 중얼거렸다. 그러다가 문득 공후에게 말했다.

"소금!"

"여기 있습니다."

공후가 미리 준비했던 소금을 얼른 사내 앞에 놓았다.

그러자 사내가 토끼 고기를 소금에 찍어 크게 한입 베어 물었다.

쩍!

사내의 단단한 이빨에 뜯긴 토끼 뒷다리 살이 그대로 찢겨져 나왔다. 그러자 공후의 말대로 살 안쪽에 아직 익지 않은 부위에서 붉은 피가 뚝 떨어졌다.

하지만 피가 비침에도 불구하고 사내는 마치 잘 익은 고기를 먹는 것처럼 토끼 고기를 씹어 삼켰다.

"조금 더 익혀 드릴까요?"

뒷다리 살이 뜯겨 나가 피가 흐르는 토끼를 보며 공후가 조심스레 물었다.

그러자 사내가 고개를 저었다.

"됐어. 사부가 말하기를 고기는 겉만 익으면 바로 먹으라고 했지. 속까지 잘 익혀 먹으려다가는 다른 사람 입에 들어간다고. 그리고… 생고기도 나름 풍미가 있어. 한번 먹어들 봐."

사내가 다른 사람들에게도 덜 익은 토끼를 먹길 권했다. 피 흐르는 토끼 고기를 뜯고 있는 사내의 모습이 모닥불에 비쳐 괴기스럽게 보였다.

그런 사내에게 두려움을 느꼈는지 무자방의 사람들이 사내가 권하는 대로 덜 익은 토끼를 먹기 시작했다.

"어때?"

사내가 토끼를 먹는 도홀 등에게 물었다.

"괘, 괜찮은 것 같습니다."

공후가 억지로 대답했다.

그러자 사내가 빙그레 웃으며 말했다.

"그래도 참을성이 있군. 날것을 먹는 맛이야 시간이 지나면 깨닫게 될 테고. 지금은 인내심이 필요할 때야. 내 성격이 좀 괴곽하거든. 그러니 일단 내 성격을 잘 견뎌보라고. 그건 그렇고 저 놈들은 언제까지 저러고 있을 것 같아?"

여전히 덜 익은 토끼 고기를 씹으며 사내가 흘깃 천마루 맞은편 숲을 보고 물었다.

"글쎄요. 아무래도 서로 눈치를 보는 것 같습니다만……."

무자방주 도흘이 대답했다.

"오늘 밤 한바탕 하고 싶은데……."

사내가 목을 이리저리 꺾으며 말했다. 그러자 그의 목에서 뼈마디가 마찰되는 소리가 우두둑거리며 들렸다.

"굳이 저들을 도발하실 필요는……."

신군 도흘은 잘 알고 있었다. 지금 숲에 머물고 있는 자들이 강호에서 하나같이 이름난 명문의 고수들이란 것을. 도흘은 그들을 상대하고 싶은 생각은 추호도 없었다.

사실 그들과 마주치지 않기 위해 길을 서둘렀고, 가장 먼저 전신극의 주인을 만난 것이 아니었던가.

물론 결과는 그의 수하가 되어 토끼나 잡아오는 신세가 되었지만.

"내 목적이 뭔지 알아?"

갑자기 사내가 도흘에게 물었다.

너무 갑작스러운 물음에 도흘이 바로 대답하지 못하고 잠시 당황하다가 되물었다.

"무림에서의 목표 말이십니까?"

"아니. 그런 먼 훗날의 일이야 지금 이야기할 것이 아니고. 내가 이 빌어먹을 창을 들고 천하의 야심가들을 이리로 불러들인 이유 말이야."

"정말 일부러 사람들을 부른 것이란 말입니까?"

도흘이 확인하듯 물었다. 앞서 이미 사내가 자신이 천하의 고수들을 이리로 부른 거라고 밝혔지만 진심으로 믿기는 힘들었던 도흘이었다.

"내가 그렇다고 했잖아?"

"대체 왜……?"

도흘이 도저히 이해할 수 없다는 표정으로 물었다.

전신극은 그 자체로 놀라운 힘을 발휘하는 병기지만, 또한 그 주인에게 큰 위험을 따르게 하는 물건이기도 했다.

지킬 힘이 없다면 반드시 주인을 죽음으로 내모는 보물. 그런 전신극을 일부러 세상에 드러내 사람들을 불러들였다는 사내의 말은 도저히 이해할 수 없는 행동이었다.

"다 죽이려고."

"예?"

"이 전신극을 찾아 천산에 온 자들을 다 죽여 버리는 게 내 목적이야."

"대체 그럴 이유가……?"

타고난 살인마가 아니라면 이런 흉악한 계획을 세울 리 없다. 그런데 도흘이 보기에 사내는 거칠 것 없는 성정이지만 타고난 살인마처럼 보이지는 않았다.

그럼 분명히 그가 하려는 일에는 목적이 있을 것이다.

"혼란."

"혼란이요?"

"천하가 너무 조용했잖아. 구패라는 자들이 무림맹을 앞세워 천하를 지배한 것이 근 이십여 년… 이제 좀 흔들어볼 때가 되었지 않아?"

"그, 그렇기는 하지만."

도흘도 사실 청해성에서 무자방을 키워 천하로 나아가려는 야심을 가지고 있었다. 하지만 구패의 힘이 너무 강해서 감히 청해성 밖으로 세력을 키우지는 못하고 있던 차였다.

그 벽을 깨기 위해 필요했던 것이 전신극이었으니 사내의 말을 이해하지 못하는 바는 아니었다.

그러나 그런 일을 세력도 없는 일개 무인이 하려는 이유가 쉽게 납득되지 않았다.

"천하를 흔들 수 있는 방법은 그리 많지 않지. 물론 가장 좋은 방법은 중원으로 가서 구패 중 하나를 멸망시키는 거지만 중원에서 그 일을 벌였다가는 아무리 대단한 실력을 지니고 있어도 무림맹의 추적을 감당할 수 없을 거야. 하지만 이 천산은 다르지. 무림맹의 힘이 미치기는 한다지만 그래 봐야 보낼 수 있는 것은 추격대 몇 명뿐… 충분히 감당할 만한 정도지. 다만 문제는 이곳에서는 무림을 흔들 만큼 대단한 자들을 죽일 수 없다는 것. 그런 자들이 이곳에는 없었으니까."

사내가 다른 때와 달리 냉정하게 자신의 생각들을 입에 올렸다.

그리고 도흘처럼 노련한 자는 사내의 의도를 금세 알아챘다.

"그래서… 그런 거물들을 천산으로 불러들이기 위해 전신극을 세상에 노출하신 거군요."

"금방 알아들으니 답답하지 않군."

사내가 다시 토끼 고기 한 점을 뜯어먹으며 대답했다.

"그럼… 주군께도 드러나지 않은 세력이 있단 뜻이군요. 천하가 혼란스러워지면 주군을 모시고 강호에 출도할……."

"아니, 없어."

너무 태연한 대답에 도흘이 다시 황망한 표정을 지어 보였다.

"그럼 왜 강호에 혼란을……."

"내가 이 일을 하길 바라는 사람들이 있으니까."

"대체 어떤 자들이기에 주군께 이런 일을 시킨단 말입니까?"

도흘이 도저히 믿을 수 없다는 듯 물었다.

그가 생각하기에 전신극을 든 자신의 주군에게 무엇인가를 지시할 수 있는 사람은 천하에 존재할 수 없었다. 그만큼 사내는 강한 자였다.

"뭐… 부탁 정도는 들어줘야 하는 사람들이라고 해두지."

"그런 사람들이 있다는 것을 믿을 수가 없군요."

도흘은 여전히 사내에게 뭔가를 부탁할 사람들의 존재를 믿기 어려운 모양이었다.

"거참, 사람 되게 못 믿네. 내 사부야. 당신이라면 사부의 부탁을 거절할 수 있겠어?"

사내가 짜증을 내며 소리쳤다.

"사, 사부님이요?"

"그래. 이런 날고기라도 얼른 먹어치워야 배를 곯지 않는다고 가르친 양반 말이야."

사내가 이제는 익은 겉가죽이 거의 사라져 피가 줄줄 흐르는 토끼 고기를 들어 보이며 말했다.

"그렇다면야… 그런데 주군의 사부님은 어떤 분이십니까?"

도흘의 호기심은 끝이 없었다.

"나도 잘 몰라. 사부에 대해선. 하지만… 참 독한 사람이지. 그러니까 부탁이 아니더라도 이 일을 거부할 순 없었어. 그리고 사실 나에게도 그리 나쁜 건 아니지."

"강호의 공적이 될 겁니다."

도흘이 걱정스럽게 말했다.

"흐흐, 그 강호를 내 발아래 둘 생각인데 공적이 되는 걸 겁내겠어?"

"아!"

도흘이 사내의 야심이 크다는 것을 확인하고는 나직하게 탄성을 흘렸다.

그야말로 자신이 바라던 바였다. 야심이 큰 주군이라면 자신의 야심을 채워줄 수 있을뿐더러 자신을 훨씬 중요하게 쓸 것이기 때문이다.

"아무튼 이곳에 온 자들을 최대한 죽일 생각인데… 걱정은 하나를 죽이면 열이 도망을 갈 거란 말이지. 이미 그대가 나의 종복이 된 걸 보고 도망간 자들도 꽤 있을걸? 뭐, 그런 것들이야 죽여봐야 손만 아픈 놈들이니 상관없지만."

사내가 갑자기 날카로운 눈으로 숲을 노려보며 말했다.

순간 도흘은 그 눈빛이 자신을 비껴간 것이 다행이라는 듯 안도의 숨을 내쉬었다.

사내의 시선이 너무 강렬해서 그 눈빛이 닿으면 심장이 멎을 것 같은 느낌이 들었기 때문이다.

"주군의 생각이 그러시다면 좀 더 깊은 함정으로 적을 끌어들여야지요. 한 무리가 죽어도 다른 무리가 어떻게 죽었는지 모르게 말입니다."

"그런가? 그렇구먼. 난 귀찮아서 모두 불러놓고 한꺼번에 죽일 생각이었는데, 아무래도 그러자면 힘도 들고 도망가는 자들도 많겠지. 그런데 그러자면 어떤 방법이 있을까?"

사내가 어느새 도홀에게 의견을 묻고 있었다.

그러자 도홀이 고개를 돌려 천마루 하단의 동혈들을 보며 물었다.

"혹, 이곳 천마루가 익숙하십니까?"

"여기? 그런대로… 한동안 이곳 동굴에서 수련했으니까."

"동굴들을 잘 아신다면 동굴 속으로 저자들을 끌어들이는 것도 좋을 텐데요. 그럼 하나하나 상대할 수 있지 않습니까?"

"동굴 속으로?"

사내가 마음에 들지 않는 표정을 지으면서도 동굴이 있는 천마루 하단을 바라봤다.

지옥으로 들어가는 입구처럼 여러 개의 동굴들이 입을 벌리고 있었다. 어두운 밤이라 그런지 더욱더 괴기스럽게 느껴지는 동굴들이다.

"마음에 들지 않으십니까?"

"좁고 어두운 곳은 질색이라……."

뜻밖의 말이다. 하는 행동으로 봐서는 사람들의 눈이 닿지 않는 어두운 곳을 좋아할 것 같은 사내기 때문이다.

"그러신가요?"

"어려서 좁은 곳에 갇혀 지내다시피 해서……."

"죄송한데 주군의 연세가……?"

"연세는 무슨… 이제 겨우 서른여덟인데."

"아… 그러시군요."

생각보다 적은 나이에 도흘이 놀란 표정을 지었다.

사내가 슬쩍 얼굴의 반쯤을 가리고 있던 머리를 쓸어 넘겼다. 그러자 생각보다 훤칠하게 생긴 삼십 대 후반의 사내 얼굴이 드러났다.

"이제 믿겠어?"

"예, 주군. 그런데 한 가지 더 여쭐 것이 있습니다."

"또 뭘?"

"주군으로 모시면서 아직 주군의 성함을 모르고 있어서……."

"내 이름? 그건 알아서 뭐 하게?"

"원치 않으시면……."

도흘이 괜히 사내의 심기를 건드릴까 걱정되는 표정으로 고개를 조아렸다.

"아니, 뭐 숨길 건 아니고. 알아봐야 별 소용없다는 거지. 세상에 알려진 이름도 아니고. 아무튼 알고 싶다니 말해주지. 내 이름은 대량이야. 물론 진짜 이름인지 아닌지는 나도 잘 모르지. 사부가 말해준 이름이니까."

"주군의 존대성명 가슴에 새기겠습니다."

도흘이 다시 한번 고개를 숙였다.

"글쎄, 뭐 굳이 그러겠다면 말리지는 않겠지만 별 의미 없는 짓이지. 자, 어쨌든 동굴로 들어가잔 말이지?"

"그렇습니다."

현실적인 문제를 말하자 도흘이 냉정을 되찾았다.

"좋아. 그렇게 해보지. 사실 천마루의 이 동굴들은 무척 기이하거든. 이어진 곳도 있고, 막힌 곳도 있지. 누굴 끌어들여 사람들 눈을 피해 죽여 버리기에는 아주 좋은 곳이지. 미끼도 좋으니 야심이 있는 자라면 오지 않을 수는 없을 거야. 다만… 시간이 걸리는 게 흠이지."

전신극을 노리는 자들을 하나하나 상대하는 것이 여전히 마음에 들지 않은 듯 사내, 전신극의 주인 대량이 눈살을 찌푸렸다.

"얼마간 저들을 베면 나머지들은 다시 동굴 밖으로 나올 겁니다. 그때 마음껏 저들을 사냥하실 수 있을 겁니다."

"그렇군. 그것도 나쁘지 않지. 자, 빨리들 먹어. 먹고 동굴로 들어가자고. 그럼 우리가 놈들을 피해 잠자러 가는 줄 알고 따라오겠지. 아, 그전에 저들이 원하는 치우의 창이나 보여줄까? 다시 한번 탐욕에 물들게."

펄럭!

한순간 사내 대량이 전신극을 흔들자 전신극을 감싸고 있던 가죽 천이 펄럭이며 떨어졌다.

"아!"

그러자 도흘 등이 나직하게 탄성을 흘렸다.

어둠 속에서 눈부시게 빛나는 전신극의 창신이 그들을 황홀하게 만들었기 때문이다.

어둠 속에서 번쩍이는 전신극의 위용은 숲속에 머물고 있던 강호고수들 눈에도 들어왔다. 그 빛을 확인한 강호고수들 눈에 탐욕의 빛이 일렁였다.

그런 사람들 중에 최근 들어 무림에 자주 이름이 오르내리는 한 문파도 포함되어 있었다.

비록 구패에 비할 수는 없지만, 몇 년 지나면 구패를 능가할 수 있는 잠재력을 지닌 문파로 인정받고 있는 곳, 백 년 전 짧은 삼 년간의 시간 동안 천하제일가로 불렸던 북두산문이 바로 그곳이었다.

잠든 거인처럼, 혹은 죽어가는 늙은 호랑이처럼 백 년의 시간을 버티던 북두산문이 얼마 전부터 사람들의 입에 오르내리기 시작한 것은 구패 중 이파라 불리는 만무회와 검산파가 북두산문의 존재를 인정함으로써 시작된 것이었다.

구패 중 두 문파가 북두산문이 행보에 관여치 않고 오히려 강호의 일에서 북두산문에게 일정 부분 양보하겠다는 의사를 표시한 후, 북두산문은 화려하지는 않지만 진중하게 그 세력을 회복해 가고 있었다.

그런 북두산문이 천하를 지배할 수도 있는 전신극에 관심을 보이는 것은 너무나 당연한 일이었다.

"동굴로 들어가는데요?"

예전의 허름한 옷차림과는 다른, 귀한 비단으로 무복을 해 입은 북두산문의 문주 백완의 유모 무령댁이 얼굴을 면사로 가린 백완에게 말을 건넸다.

"잠을 자려나 보지."

이제는 감히 무림에서 그 존재를 무시할 수 없게 된 백완이 대답했다.

유모 무령댁에 대한 백완의 말투는 여전히 하대와 존대를 오가는 듯했다. 강호의 대접은 바뀌었어도 그녀의 냉막한 심성은 전혀 변화가 없는 듯 보였다.

"참으로 대담한 자입니다. 이 와중에 도주는 하지 않고 잠을 자러 동굴로 들어가다니……."

무령댁이 기가 질린 듯한 표정으로 고개를 저으며 말했다.

"그만큼 자신 있다는 뜻이겠지. 그래서 천하의 고수들을 이곳으로 부른 것이고."

"여전히 그가 일부러 사람들을 이곳으로 모이게 했다고 생각하시는군요."

"마지막에 전신극을 드러내는 걸 봤잖아요?"

이번에는 무령댁에게 존대를 하는 백완이다.

"그렇기는 하지요. 마치 시위를 하는 것 같긴 했습니다. 보물이 여기 있으니 자신 있으면 와서 가져가 보라는 듯… 하지만 근방에 있는 자들은 모두 심기가 깊은 자들이니 함부로 그에게 도전하지는 않을 겁니다."

"꼭 그렇지도 않을걸?"

백완이 빈정대듯 말했다.

"누가 움직일까요?"

"저자들!"

백완이 그들로부터 오십여 장 떨어진 곳에 있는 사람들을 바라봤다.

"만무회를 말씀하시는 거군요?"

"그자는 절대 전신극의 유혹을 참지 못할 거야."

"만무회의 소회주를 말씀하시는 거군요."

"그는 애가 달아 있다지?"

백완이 물었다.

"그렇습니다. 지난번에 본 문과 불사 대협에게 크게 당한 이후에 만무회 내부에서 그를 보는 시선이 좋지 않다고 하더군요. 아시다시피 만무회는 강자존의 세력이 아닙니까? 회주의 혈육이아니었다면 벌써 후계자에서 물러났을 겁니다."

"그러니까. 이번에는 목숨을 걸 거야. 더군다나 내 마하공에의해 제압된 혈도를 전신극이 지닌 전율적인 힘이라면 풀 수 있다고 생각할 수도 있고."

"정말 그럼 어떡하죠?"

무령댁이 걱정스러운 표정으로 물었다.

그동안 북두산문은 강호에서 여러 가지 일들을 은밀히 진행했다. 그런 일들이 북두산문을 무림의 모두가 주시하는 세력으로 성장시켰다.

그런데 그런 일들 중에는 가끔 만무회나 검산파의 이익을 침범하는 일들도 있었다.

하지만 두 세력은 북두산문과의 약속에 의해 자신들의 이익이 어느 정도 침범되어도 북두산문의 행보를 막아서지 않았다.

그건 만무회주나 검산파의 장문인이 특별히 약속을 잘 지키는 사람들이기 때문은 아니었다.

그들이 북두산문의 문주 백완과 한 약속을 지킬 수밖에 없는 것은 자신들의 후계자들이 백완에 의해 고금제일검으로 불리는 백초산의 마하공으로 금제당하고 있기 때문이었다.

만약 북두산문에서 주기적으로 제공하는 활혈단이 아니면 양세력의 후계자인 상황과 유목인이 오늘처럼 멀쩡한 몸으로 강호를 돌아다닐 수는 없었다.

아니, 이미 그 두 사람은 마하공의 금제에 의해 죽음에 이르렀을 것이다.

두 사람에 대한 마하공의 금제가 결국 북두산문이 세력을 키울 수 있는 시간과 여유를 만들어주고 있었던 것이다.

그런데 만약 전신극의 신비로운 힘에 의해 그 제약이 풀린다면 당장 북두산문은 양 세력의 공격을 받게 될 터였다.

비록 내실을 기했다고는 해도, 아직 북두산문은 정면으로 두 세력과 격돌할 준비가 되어 있지 않았다.

그러니 무령댁의 걱정은 당연한 일이었다.

하지만 백완은 별로 걱정되지 않은 모양이었다.

"마하공은 고금제일의 신공이야. 아무리 대단해도 한낱 병기로 그 힘을 풀 수 있는 신공이 아니에요."

백완이 단호하게 대답했다.

"그렇다면 다행이지만요."

무령댁은 여전히 걱정스러운 모양이었다.

"오히려 잘된 일이지. 만약의 경우 저들이 전신극을 손에 넣는 일이 벌어진다면 거래를 할 수도 있으니까."

"그건 힘들 거예요. 전신극이라면 만무회주 상지손은 아들의 죽음을 감수하고라도 지키려 할 겁니다. 그는 야심이 많은 사람이니까요."

"그렇겠지. 하지만 그는 만무회에 머물러 있고 지금 이곳에 있는 자는 상황이니까. 상황은 전신극보다는 자신의 목숨이 더 중요하지 않겠어?"

백완의 말에 무령댁이 고개를 끄떡였다.

"생각해 보니 그렇긴 하군요. 상황, 겁 많은 자는 또한 자기 자신을 누구보다 아끼고……."

"그러니까. 사냥개로는 참 쓸모가 많지. 상대가 호랑이라면 다리에 상처 하나쯤은 남기고 죽을 테니까."

"듣고 보니……."

무령댁이 말꼬리를 흐렸다.

그녀의 표정은 백완의 말에 동의하기는 하지만 그녀가 이렇게까지 냉혹한 생각을 하고 있다는 것이 걱정스러운 모습이었다.

멸문에 가까운 세월을 보낸 북두산문의 사정을 생각하면 백완이 독해진 것을 백번 이해할 수 있지만, 그래도 사람이 지나치게 독해지면 결국 인성을 잃는다는 걸 누구보다 잘 알고 있는 무령댁이었다.

그녀에게는 주군이기도 하며 딸과도 같은 존재인 백완이어서 더 걱정이 되었다.

"이런 내가 마음에 들지 않아?"

무령댁의 속내를 읽었는지 백완이 물었다.

"아뇨. 단지 걱정이 될 뿐이지요."

"왜, 내가 괴물이 될까 봐?"

"……."

"걱정 마. 그런 일은 없을 테니까."

"스스로 경계하신다면 다행입니다만……."

"조금… 독해질 뿐이야. 북두산문이 구패의 수준에 오르기 전까지만……."

"문주님을 믿습니다."

무령댁이 자신의 근심을 털어내려는 듯 굳은 표정으로 대답했다.

"그래요. 유모라도 날 믿어줘요. 아무튼… 저자, 결국 참지 못하고 움직이는군요. 조급한 자 같으니라고."

백완이 혀를 찼다.

그녀의 말대로 만무회의 소회주 상황이 만무회의 고수들을 이끌고 천마루를 향해 움직이고 있었다.

함정이라고 말할 수도 없었다.

그저 천마루 안쪽으로 십여 장 들어온 동굴에서 모닥불을 피워놓고 전신극을 욕심내는 사람들을 기다리고 있을 뿐이었다.

유일한 준비라면 동굴 깊은 곳으로 이어진 작은 비도뿐이었다.

이곳에서 찾아오는 자를 주살하고 나면 그 비도를 통해서 다른 동굴로 이동해 또 다른 상대를 기다리겠다는 것이, 단순하면서도 확고한 전신극의 주인 대량의 계획이었다.

이 허술한 계획에 노련한 무자방주 도흘이 동의할 수밖에 없었던 것은 그 이상의 세밀한 계획을 세우는 것을 대량이 승낙하지 않았기 때문이다.

사실 동굴 속으로 들어와 싸움 장소를 좁힘으로써 찾아오는 적의 숫자를 줄이는 것조차도 탐탁지 않아 했던 대량이었다.

그가 적을 동굴로 유인하는 것을 승낙한 유일한 이유는 공개된 장소에서 자신의 무공을 선보였을 때 무림의 고수들이 뿔뿔이 흩어져 도주할 것을 걱정했기 때문이다.

"옵니다."

동굴 입구에서 밖의 사정을 살피고 있던 무자방의 부방주 공후가 급히 소리쳤다.

"누군가?"

사내 대량이 아니라 무자방주 도흘이 물었다. 그 역시 긴장한 기색이 역력했다.

"옷차림으로 보아 만무회인 듯싶습니다."

"만무회라… 처음부터 강적이군."

무자방주 도흘이 걱정스러운 표정으로 중얼거렸다.

"몇 명이나 되지?"

전신극의 사내 대량이 뒤늦게 관심을 보였다.

"모두 스무 명가량입니다."

"스물이라… 적당하군. 그런데 설마 만무회주가 직접 오지는 않았겠지?"

대량이 물었다.

"그가 왔다면 일이 심각해지지요."

도흘이 만무회주 상지손이 없어야 한다는 투로 말했다.

그러자 대량이 고개를 저었다.

"아니지. 그가 왔다면 일이 더욱 재밌어지겠지. 그리고 내 수고도 한결 덜할 것이고……."

"수고가 덜하다니 무슨 뜻인지……?"

"그를 죽이면 백 명의 일반 무사를 죽인 것만큼의 효과가 있을 테니 말이야. 하지만… 역시 그는 오지 않았을 거야. 아무리 전신극이라 해도 중원을 비우기에는 꺼려질 테니까. 길을 열어. 편히 들어오게 해."

사내가 공후를 보며 말했다.

그러자 공후가 바라는 바였다는 듯 얼른 몸을 날려 동굴 안쪽, 도흘이 서 있는 곳까지 물러났다.

"일단 제가 저들을 상대함이……."

무자방주 도흘이 수하 된 도리를 하겠다는 듯 입을 열었다. 그러나 대량은 즉시 도흘의 말을 막았다.

"안 돼. 내 즐거움을 뺏을 수는 없지."

대량에게는 천하구패 만무회의 고수들을 상대하는 일조차도 여흥으로 느껴지는 모양이었다.

"알겠습니다. 물러나 있지요."

도흘이 대량의 자신감에 절레절레 고개를 저으며 뒤로 물러났다.

그사이 소회주 상황을 앞세운 만무회의 고수들이 동굴 안으로 들어섰다.

"첫 손님이군."

사내 대량이 창으로 땅을 짚으며 천천히 일어섰다.

그러자 초로의 노인이 상황의 앞을 자연스럽게 가로막으며 대량에게 물었다.

"그대가 전신극의 주인인가?"

"보면 모르나?"

쿵!

대량이 창날이 가죽 천에 휘감긴 전신극으로 동굴 바닥을 굴렸다. 그 소리가 동굴 전체를 울리며 퍼져 나갔다.

강력한 공력의 충격이다. 그래서인지 그 단 한 번의 행동이 만무회 고수들을 긴장시켰다.

"이름이 뭔가?"

"들어봐야 소용없을 텐데? 곧 죽을 테니까."

"놈! 나이도 많지 않은 것이 오만하구나!"

상황의 앞을 막아선 노인이 호통을 쳤다.

"그대는 누구지?"

욕설을 듣고도 사내 대량이 얼굴빛 하나 변하지 않고 노인에게 물었다.

"난 만무회의 흑강이라 한다."

"만무회의 흑강이라… 알아?"

대량이 고개를 돌려 무자방주 도홀에게 물었다.

그러자 도홀이 얼른 고개를 끄떡였다.

"만무회 십대고수에 드는 사람입니다."

"십대고수라. 그런대로……"

대량이 고개를 끄떡였다.

그러자 도홀이 다시 말을 이었다.

"그렇지만 그들 중 그보다 더 중요한 사람이 있는 것 같습니다."

"그건 나도 알지. 이 노인네가 보호하려는 자이니까. 저자도 알아?"

대량이 다시 물었다.

그러자 도홀이 눈을 가늘게 뜨며 말했다.

"아마도… 그는 만무회의 소회주인 듯싶습니다."

"호오? 그래? 만무회 소회주라… 나도 소문은 들었지. 북두산문인가 하는 곳에 들이댔다가 고약하게 당했다는……."

"놈! 닥쳐라."

대량의 말이 계속 이어지려는데 만무회의 노고수 흑강의 뒤에 있던 상황이 호통을 쳐서 대량의 말을 막았다.

"왜? 창피한가?"

대량이 빙글거리며 상황을 바라봤다.

"감히 날 모욕하고도 살아남을 줄 아느냐?"

"하하하, 애초에 날 살려줄 생각도 없지 않았나? 전신극을 빼앗고 죽일 생각이었을 텐데?"

"전신극을 순순히 내놓으면 목숨은 살려줄 생각이었다. 하지만 이젠 그럴 수 없게 되었구나. 네놈 스스로 지옥문을 열었으니……."

"지옥문이라. 글쎄, 누가 지옥문을 연 것인지는 두고 보면 알겠지."

한순간 사내가 전신극을 가볍게 흔들었다.

펄럭!

사내의 작은 움직임에 전신극의 창날을 휘감고 있던 천 조각이 떨어져 내리며 눈부신 창신이 모습을 드러냈다.

"음……."

만무회 고수들 사이에서 나직한 신음 소리가 흘러나왔다.

단지 보는 것만으로도 치우의 창이라 불리는 전신극이 얼마나 대단한 병기인지 본능적으로 느끼고 있는 것이다. 멀리서 보던 것과는 또 다른 느낌에, 상황과 흑강 등 만무회 고수들 역시 탐욕의 눈빛을 흘렸다.

그런 만무회 고수들의 반응을 보며 사내 대량이 빙그레 미소를 지었다.

탐욕에 물든 자들이니 도망갈 일은 없을 거라 생각하는 모양이었다.

"어때, 가지고 싶나?"

대량이 상황에게 물었다.

"보물의 주인은 따로 있는 법, 능력이 없는 자가 보물을 얻으면 그건 보물이 아니라 불행의 씨앗이지. 전신극을 넘겨라."

"후후후, 가져갈 능력이 있다면 가져가 봐."

대량이 전신극을 죽 앞으로 내밀며 말했다.

순간 전신극의 눈부신 창날이 자신들에게 밀려오는 것 같은 느낌을 받은 만무회 고수들이 본능적으로 뒤로 물러났다.

"용기가 없나 보군."

뒤로 물러나는 만무회 고수들을 보며 대량이 비웃었다.

그러자 본능적으로 뒤로 물러났던 만무회 노고수 흑강이 사내를 향해 달려들었다.

"놈! 과연 우리를 농락할 자격이 있는지 보겠다!"

"그래, 바로 이걸 기다렸어!"

차르릉!

대량이 기쁜 듯 소리치며 전신극을 한 손에 잡고 앞으로 쭉 내밀었다. 전신극이 공기를 뚫고 나가면서 맑은 풍음을 만들어 냈다.

촤악!

자신의 심장을 파고드는 전신극을 향해 흑강이 매끄럽게 다듬어진 검을 내리쳤다.

흑강의 검 역시 명검이어서 날카롭게 공기를 가르며 대량의 전신극과 격돌했다.

캉!

창과 검이 격돌하면서 강렬한 충돌음이 일어났다. 그리고 그 순간 전신극의 눈부신 빛무리가 폭죽 터지듯 터졌다.

"욱!"

한순간 눈부신 전신극 속에서 흑강의 당혹한 음성이 터져 나왔다.

전신극이 만들어내는 밝음 속에서 흑강의 검이 그 끝부터 가루처럼 부서져 가는 것이 보였다.

흑강은 자신의 검이 부서지는 광경을 눈으로 목도하면서 자신도 모르게 뒤로 몸을 날렸다.

그러나 대량은 한 번 자신의 품에 들어온 사냥감을 돌려보낼 생각이 없었다.

"목숨을 두고 가야지."

대량이 반쯤 부서진 흑강의 검을 놓아두고 그대로 창끝을 위로 밀어 올려 상대의 목젖을 찔러갔다.

그 부드럽고 경쾌한 창술에 흑강은 더 이상 몸을 피할 곳이 없어 보였다.

그렇게 전신극이 흑강의 목을 꿰뚫으려는 순간, 갑자기 호랑이 같은 포효성이 터져 나오면서 대량의 우측으로 거대한 도가 떨어져 내렸다.

"이놈, 나 야불아의 칼도 막아봐라!"

벽안의 눈에 노르스름한 머리카락을 지닌 굴강한 사내가 흑강을 구하기 위해서 대량을 향해 뛰어들며 소리쳤다.

야불아, 강호의 모든 사람들이 이름을 들으면 누군지 알 수 있는 사내다.

만무회가 자랑하는 천무구당 중 일당의 당주이자 흑강과 마찬가지로 만무회 십대고수로 꼽히는 고수다. 천무구당이라는 이름이 만무회를 대신할 수 있으니, 그 일당의 당주라면 당연히 만무회를 대표하는 고수다.

그걸 증명이라도 하듯 폭풍 같은 도기가 대량을 향해 떨어져 내렸다.

"좋아. 너무 좋구나!"

야불아가 자신을 기습했음에도 불구하고 대량의 얼굴에는 희열의 미소가 떠올랐다.

그 순간, 기이한 일이 벌어졌다.

구우우!

마치 전신극이 살아 있는 생물처럼 기이한 음파를 만들어냈다. 그러자 강철로 만들어진 전신극의 창대가 뱀처럼 구불거리기 시작했다.

텅!

한쪽으로 구부러졌던 전신극의 창대가 다시 제자리로 돌아가면서 그 반탄력으로 야불아의 도를 쳐냈다.

"억!"

창대에서 느껴지는 강력한 기운을 도를 통해 느낀 야불아가 당혹한 소리와 함께 뒤로 밀려났다.

"잘 가시오."

야불아가 뒤로 밀리는 순간 여전히 흑강을 향해 겨누어져 있던 전신극이 대량의 작별 인사와 함께 빛과 같은 속도로 움직였다.

팟!

아주 짧은 순간 전신극의 눈부신 빛이 흑강의 목젖 부근을 뚫고 들어갔다가 다시 빠져나왔다.

그러고는 빙글 몸을 회전시킨 대량이 한쪽으로 물러나는 야불아를 향해 그대로 창신을 내려쳤다.

콰아!

천 근의 무게로 떨어져 내린 전신극이 당황한 채 뒤로 물러나는 야불아의 머리를 그대로 가격했다.

야불아가 본능적으로 고개를 틀었지만 전신극이 워낙 빠르게 떨어져 내려 목덜미를 내주는 것은 어쩔 수 없었다.

빠직!

전신극에 격중당한 야불아의 목에서 뼈 부러지는 소리가 터져 나왔다. 그러자 야불아의 몸이 바위처럼 굳더니 그대로 동굴 바닥에 쓰러졌다.

"너… 너……?"

전신극에 목이 뚫린 흑강은 그때까지 정신을 잃지 않고 서 있었다.

대신 그는 손 하나 까딱할 수 없는 상태였다. 정확하게는 죽어가고 있었다.

전신극이 워낙 날카롭게 그의 목을 찔렀기에 목이 부러진 야불아보다 조금 느리게 죽어가고 있을 뿐이었다.

"이제 알겠어? 이 물건은 아무나 함부로 욕심낼 물건이 아니라는 걸."

말을 하면서 대량이 전신극을 들어 그 끝으로 흑강을 툭 밀었다.

그러자 흑강이 어떤 저항도 하지 못하고 그대로 뒤로 넘어갔다.

제9장
혈란의 그림자

　야불아에 이어 흑강까지, 순식간에 만무회가 자랑하는 두 고수가 죽었다. 그러자 상황이 파랗게 질린 얼굴로 주춤주춤 뒤로 물러나기 시작했다.

　지위로야 상황이 야불아나 흑강의 위에 있는 사람이지만 무공으로는 그리 큰 차이가 나지 않았다.

　그런 두 사람을 눈 깜짝할 사이에 죽여 버린 전신극의 주인에게 도전할 용기가 상황에게는 없었다.

　"왜, 가려고?"

　뒤로 물러나는 상황을 보며 대량이 물었다.

　"네… 놈… 만무회의 보복을 피할 수 있을 것 같으냐?"

　상황이 조금씩 뒤로 물러나면서도 대량을 협박했다.

　"내가 바라는 바야. 만무회주가 만무회의 고수들을 이끌고 이 천산으로 오는 것. 그야말로 내가 바라는 바지."

대량이 오히려 반가운 일이라는 듯 말했다.

"감히… 만무회를 홀로 상대할 수 있을 것 같으냐?"

"전신극이 내 손에 있는 한 난 천하무적이야."

대량이 광오하게 말했다.

그런데 그 광오한 말투가 전혀 어색하지 않았다. 아마도 그가 보여준 전율적인 무공의 경지 때문일 것이다.

"세상이 그렇게 만만한 곳이 아니다."

상황이 이를 갈며 말했다.

"알아. 그 이치는 내가 열 살이 되기 전에 깨우쳤지. 망할 사부가 날 아주 반쯤 죽여놓으면서 무공을 가르쳤거든. 그런데… 내가 보기엔 넌 그 이치를 몸으로 깨닫지 못한 것 같은데? 그래서 내가 오늘 그 가르침을 주기로 결심했어. 좋은 공부가 될 거다. 물론… 이 공부의 쓰임은 지옥에 가서 있겠지만."

팍!

갑자기 전신극의 주인 대량이 한 발로 동굴 바닥을 굴렀다. 순간 그의 신형이 검은 흑영으로 변하더니 벼락처럼 상황 앞에 나타났다.

"놈!"

갑자기 자신을 공격하는 대량에게 놀란 상황이 욕설을 터뜨리며 거칠게 검을 휘둘렀다.

쿠웅!

상황의 검이 만들어낸 검기가 전신극과 격돌하면서 무거운 소음을 만들어냈다.

그 순간 갑자기 전신극의 창날에서 작은 빛줄기들이 반짝였다. 그건 마치 실처럼 가는 여러 개의 벼락 같았다.

그런데 그 빛줄기들이 상황이 만든 검기를 뚫고 들어가더니 그대로 그의 가슴에 닿았다.

"악!"

빛줄기가 상황의 가슴에 닿는 순간 상황의 입에서 단말마의 비명 소리가 터져 나왔다.

"뜨겁지? 이게 바로 전신극의 진정한 위력이다. 만무회의 소가주이니 내 특별히 전신극의 진정한 힘을 보여주는 거야."

대량이 가슴 부위 옷자락이 타들어가는 듯한 상황에게 바짝 다가서며 말했다.

"끄으으!"

마치 뜨거운 인두로 가슴을 지지는 듯한 통증을 느끼며 상황이 신음을 토했다.

아니, 실제로 전신극의 기운이 닿은 상황의 가슴은 검게 타들어가고 있었다.

단지 옷만을 태우는 것이 아니라 전신극의 기운이 심장 깊은 곳까지 파고들어 상황은 이미 죽음의 길에 들어서 있었다.

"고통스럽지? 이게 바로 세상이다. 네가 만무회의 소가주로서 누렸던 안락함이 통하지 않는 세상의 맛, 내가 큰 가르침을 주었으니 저승에 가서는 함부로 날뛰지 말아라."

퍽!

한순간 대량의 전신극이 상황의 가슴에 박혔다가 다시 나왔다. 가슴을 찌르고 나왔음에도 불구하고 전신극에는 피 한 방울 묻지 않았다.

전신극에 찔린 상황은 그 순간 신기하게도 타는 듯한 고통에서 벗어났다. 대신 그는 좀 더 빨리 세상을 떠났다.

쿵!

상황이 동굴 바닥에 쓰러졌다.

너무 간단한 죽음. 무림에서 그의 지위를 생각하면 이렇게 허무한 죽음은 그에게 어울리지 않았다. 천산의 이름 없는 동굴도 그의 무덤으로는 전혀 어울리지 않았다.

그러나 상황은 죽었다. 아무리 부인하려 해도 그 사실은 변하지 않았다.

"모두 죽여야 합니다."

상황을 죽인 후 잠시 뜸을 들이고 있던 대량의 뒤에서 무자방주 도흘이 차갑게 속삭였다.

"음, 그럴 생각이었어."

대량이 심드렁하게 대답하고는 세 명의 수뇌를 잃고 당황해 어쩔 줄 모르고 있는 만무회의 고수들을 향해 날아갔다.

쩌저적!

동굴 안에서 벼락 치는 소리가 연이어 일어났다. 더불어 비명 소리도 쉬지 않고 들렸다. 그런 소란은 대략 일각여의 시간 동안 이어졌다.

그리고 일각이 지나자 더 이상 벼락 치는 소리도, 눈부신 빛도, 비명 소리도 들리지 않았다.

천마루 맞은편 숲에서 그 소란스러움을 듣고 있던 무림고수들이 호기심을 참지 못하고 숲을 벗어났다.

그러고는 천천히 한동안 소란이 벌어졌던 동굴을 향해 다가가기 시작했다.

그리고 그들 중 가장 먼저 동굴에 도착한 무리는 송가장의 사람들이었다.

"어찌 된 일일까요?"

동굴에 발을 들여놓다 말고 송가장의 소장주 송검산이 놀란 표정으로 송가제일검 송옥에게 물었다.

동굴 안에는 여전히 모닥불이 살아 있었다. 그리고 비명 소리가 들린 이유도 있었다.

동굴 바닥에 적지 않은 만무회 고수들의 시신이 너부러져 있었던 것이다.

그런데 정작 전신극의 주인이나 만무회의 소회주 상황 등 주요 고수들의 모습은 보이지 않았다.

"추격전이 시작된 듯하구나."

송옥이 동굴 안쪽 더 깊은 곳으로 이어지는 좁은 비도를 보며 말했다.

"그자가 도주를 했다는 건가요?"

"아니라면 이곳에 아무도 없을 리 없지. 한바탕 소란 후 그자가 도주를 하고 만무회의 고수들이 추격을 하고 있을 것이다."

"생각보다 약하군요."

"아무리 전신극을 들고 있다 해도 결국 혼자니까. 뭐⋯ 이곳에서 거둔 자들이야 마도의 잡배들일 뿐이고. 만무회에는 소회주 상황과 노고수 흑강, 그리고 천무일당의 당주 야불아가 있다.

더군다나 그들을 따르는 자들 역시 천무구당의 무사들이고. 아무리 전신극의 주인이라도 견딜 수 없었을 것이다."

송옥이 나름대로 동굴 안에서 일어났을 일을 짐작해 말했다.

"어쩌죠?"

송검산이 다시 물었다. 아직은 이십 대 초반의 나이인 송검산으로서는 전신극을 찾아 동굴 안 깊숙한 곳으로 들어가는 것이 두려운 모양이었다.

"보물을 찾으러 왔으면 보물을 찾아야지."

송옥이 단호하게 말했다.

"추격하시게요?"

"사내란 칼을 뽑았으면 승부를 봐야 하는 법이다."

"하지만 위험하지 않을까요?"

"일장일단이 있다. 기습을 당할 위험은 있지만 앞서 만무회가 길을 열고 있을 테니 그 위험은 크게 줄어든다. 반면 만약의 경우 전신극을 얻게 되면 사람들의 눈을 피할 수 있게 되니 유리함이 있다. 지금은 추격에 나서야 할 때다."

송옥이 전신극에 대한 탐욕을 불태웠다. 송옥이 이렇게 나오면 송검산도 주저할 수만은 없었다.

"알겠습니다."

송검산이 대답하자 송옥이 송가장의 무사들을 보며 엄한 목소리로 말했다.

"이제부터는 한 치의 앞도 알 수 없는 길이다. 그러니 경계를 늦추지 말라."

"예, 어르신!"

송가장의 무사들이 일제히 송옥의 말에 대답하자 송옥 자신이 선두에 서서 어두운 동굴 깊숙한 곳으로 걸어 들어가기 시작했다.

삽시간에 천마루 건너편 숲에 있던 무림인들이 천마루 아래쪽 동굴들로 스며들 듯 사라졌다.

비단 전신극의 주인이 만무회의 고수들을 상대하던 동굴뿐만 아니라 다른 방향으로 뚫려 있는 동굴들로도 무림인들이 들어갔다.

입구가 서로 다르더라도 동굴 안쪽이 서로 이어질 수 있다는 것을 감안한 움직임이었다.

그렇게 천마루에 몰려든 무림인들이 개미 떼처럼 동굴 속으로 사라지는 것을 보면서도 몇몇 문파의 사람들은 여전히 숲에 머물러 있었다.

북두산문의 문주 백완 역시 전신극 추격에 나서는 것을 망설이고 있는 사람 중 한 명이었다.

"가봐야 하지 않을까요?"

무령댁이 백완에게 물었다.

"유모답지 않군요."

진지할 때는 언제나 존대를 하는 백완이다.

"저답지 않다뇨?"

무령댁이 백완에게 되물었다.

"서둔다는 뜻이에요."

"하지만… 이대로라면 저 동굴들 속에서 전신극의 주인이 바뛸 수도 있습니다."

"불가능해요."

백완이 단언했다.

너무 확신에 찬 말이라 무령댁이 멍하니 백완을 바라봤다. 대체 백완은 보고 자신은 보지 못한 것이 뭔가 하는 표정이다.

"그는 강해요."

"누구……?"

"전신극의 주인이요."

"물론 강하죠. 하지만 상대는 한두 명이 아닌 수백에 이르는 무림의 고수들입니다. 그것도 각 문파에서 손에 꼽는 고수들이지요. 절대 혼자 상대할 수 없습니다."

"그래서 그가 동굴을 선택한 거죠."

"그가 스스로 동굴을 선택한 것이라고요?"

"그래요. 동굴 속에선 많아봐야 겨우 서너 명의 협공만이 가능하니까요. 숫자는 중요하지 않죠. 더군다나 천마루 하단의 동굴들을 잘 알고 있는 자라면 더더욱 일당천의 땅이지요."

"스스로 고립된 것이 아니라 함정을 팠다는 뜻입니까?"

무령댁이 물었다.

"그렇지 않다면 그가 스스로 동굴로 들어갈 이유가 없지요. 도주하려면 그의 무공과 전신극을 활용해 동굴 밖에서 충분히 도주할 수 있었을 거예요. 동굴보다 밖이 훨씬 유리하지요."

"아무리 그래도 혼자 수백의 고수들을……."

무령댁은 여전히 백완의 판단에 의구심이 가는 모양이었다.

"못 믿겠다면 결과를 보면 알게 되겠죠. 아무튼… 무서운 사람이군요. 아니, 무서운 일이에요."

"문주님도 그에게 두려움을 느끼세요? 문주님의 마하공은 이제 그 누구도 두려워하지 않아도 되는 경지 아닙니까?"

지난 몇 년간 북두산문의 문주 백완의 마하공은 크게 진보해 있었다. 애초에 마하공의 기반을 어려서부터 닦아왔던 터라 완전한 마하공의 구결을 얻는 순간 그녀의 무공은 폭발적인 상승세를 보였던 것이다.

그래서 작금에 이르러서는 스스로가, 그리고 그녀를 가장 가까이서 보필하는 무령댁 등 북두산문 주요 고수들이 그녀의 무공을 천하제일에 놓고 논할 정도가 되어 있었다.

그런 그녀가 누군가를 두려워한다는 것은 쉽게 이해할 수 없는 일이었다.

"그의 무공이 두려운 건 아니에요."

"그럼 뭐가 두려우신 겁니까?"

무령댁이 의아한 표정으로 물었다.

"그, 혹은 그를 이용해 천하의 고수들을 이곳으로 불러들인 세력이 두려운 거죠."

"설마… 이 모든 게 커다란 음모의 일환이라고 보시는 겁니까?"

"그럼 그가 괜히 이 천마루 앞에서 사람들을 기다렸겠어요? 비록 그가 이곳에 몰려온 천하의 고수들을 홀로 감당할 실력이 있다 해도 일부러 귀찮은 일을 만드는 사람은 없어요. 그런데 그는 이곳에서 천하의 고수들이 자신을 찾아오기를 기다리고 있었어요. 그건 분명 의도된 행동이에요."

백완의 말에 무령댁의 얼굴이 딱딱하게 굳었다. 듣고 보니 너무 엄청난 일이었기 때문이다. 그렇다고 백완의 말에서 틀린 점을 찾기도 어려웠다.

"정말… 두려운 일이군요."

무령댁이 혼잣말처럼 중얼거렸다.

"저들도 아마 그 점을 의식하고 있을 거예요."

백완이 어느새 숲에서 나와 어두운 천마루 앞을 서성이는 몇몇 무리를 바라봤다.

천마루 하단의 동굴 안으로 수백 명의 고수들이 전신극을 찾아 들어갔지만 일부의 고수들은 동굴로 진입하지 않고 있었다.

"무당도 있군요."

"청허자 유정이 이끈다고 했나요?"

"예. 노련한 자죠."

무령댁이 말했다.

"소림도 왔다고 하던데 보이지 않는군요."

"소림이야, 직접 보물을 찾아 움직이는 데 제약이 있지요."

"그렇긴 하군요. 문제는 역시 무림맹인데…….

"무림맹이 개입하지 않기로 한 것 아닌가요?"

무령댁이 되물었다.

그러자 백완이 고개를 저었다.

"겉으로야 그렇죠. 하지만 정말 무림맹이 가만히 있을 거라고 생각하는 사람은 없을걸요? 아마… 신응조는 움직였을 거예요."

"신응조라면 귀산 왕전… 그리고…….

무령댁이 무슨 말인가를 하려다 말고 입을 닫았다. 귀산 왕전에 이어 무림맹 신응조 하면 떠오르는 인물은 불사 나왕이기 때문이었다.

나왕의 도움으로 북두산문은 재기의 길을 가고 있었다. 하지만 그럼에도 불구하고 불사 나왕의 이름을 백완 앞에서 언급하는 것은 조심스러웠다.

사신지보를 찾아온 불사 나왕에게 백완은 혼인이라는 의무가 부채로 남아 있기 때문이다.

물론 불사 나왕은 더 이상 혼인을 요구하지 않지만 그녀가 이십 년간 무림에 공언한 일이 아주 없던 것이 되긴 어려웠다.

그런데 불사 나왕의 이름을 꺼내길 주저한 무령댁과 달리 백완이 먼저 그를 입에 올렸다.

"그에 대한 소식은 있나요?"

"그라면……?"

누군지 짐작하면서도 무령댁이 물었다.

"불사 말이에요."

"그야 뭐… 십이천문이라는 청부문의 일로 바쁘다고 하더군요. 북화문의 일도 처리하고… 한동안 중원을 떠나 있었다는 말도 있습니다."

"그렇군요."

"그의 행보가 궁금하세요?"

무령댁이 조심스럽게 물었다.

그러자 백완이 무표정하게 침묵을 지키다가 말했다.

"지난 몇 년간 북두산문의 재건을 위해 이런저런 일을 하다 보니 그가 참 대단한 사람이란 걸 알 수 있더군요."

"불사 나왕… 대단한 사람이지요. 그 나이에 천하십대고수의 반열에 있는 사람이니……."

"그런 것보다 그가 무림맹과 송가장을 위해 한 일을 알게 되니 나에게 정말 필요한 사람이었을 수도 있다는 생각이 들었어요."

"그… 런 생각을 하셨어요?"

무령댁이 의외라는 듯 물었다.

설마 백완이 불사 나왕을 자신의 짝으로 조금이라도 생각하고 있을 줄은 몰랐기 때문이다.

그가 아는 백완은 선천적으로 도도함을 타고난 여인이었다. 그런 여인에게 불사 나왕의 외모는 정말 어울리지 않았다. 아무리 그가 천하십대고수이고 북두산문에 도움이 되는 사람이라 할지라도.

"외모는 그저 껍데기일 뿐이죠. 어릴 때는 몰랐는데, 지난 몇 년 북두산문의 재건을 위해 강호를 떠돌다 보니 나도 나이를 먹고 세상과 사람을 보는 눈이 달라진 것 같아요."

"그래도……."

"호호, 유모는 그 나이에도 외모를 봐?"

백완이 심각한 이야기를 하다가 갑자기 어린 소녀처럼 무령댁을 놀렸다. 당연히 반말이 버릇처럼 튀어나왔다.

"아니, 꼭 그렇다기보다는 그래도 웬만해야……."

"하긴 좀 심하긴 해."

백완도 고개를 끄떡였다.

"그래도 젊을 때보다는 나아진 얼굴이라고 하더군요. 나이가 사람을 나아 보이게 하는 아주 드문 경우죠."

"흐흠… 젊을 때라. 그땐 정말 괴물이었다는 건가?"

"그렇게 불렸었죠. 외모로도 실력으로도……."

무령댁이 대답했다.

"아무튼… 가끔 그런 생각을 한다는 거야. 그때 그를 잡아두었으면 어땠을까 하고. 그럼 지금 내 짐이 조금은 가볍지 않았을까?"

"힘드세요?"

무령댁이 걱정스러운 표정으로 물었다.

백완이 북두산문의 재건을 위해 젖 먹던 힘까지 쏟아내고 있다는 것을 알고 있기 때문이다.

"우리의 힘이 커질수록 감내해야 하는 일이 많아지니까."

백완이 힘겨움을 부인하지 않았다.

"죄송합니다."

무령댁이 갑자기 고개를 숙여 보였다.

"뭐가?"

"큰 힘이 되어드리지 못해서."

"무슨 소리야. 유모가 아니었다면 난 벌써… 그런 말 말아요. 유모는 내게 부모와 같은 사람이에요."

다시 백완이 존대를 했다.

"제가 좀 더 능력이 있었어야 하는데……."

"그런 말 말라니까요. 능력은 나로도 충분해요. 다만… 그냥 가끔. 아! 됐어요. 아무튼 우린 저 동굴들로 들어가지 않아요. 대신 그가 나올 때를 기다리겠어요. 숲으로 물러나 노숙할 준

비를 하고 문도 중 삼분지 일은 밖에서 동굴들의 사정을 살피게
하세요."

백완이 다시 냉정한 북두산문의 문주로 돌아왔다.

그러자 무령댁도 충실한 백완의 수하로 돌아갔다.

"알겠습니다, 문주님!"

무령댁이 가볍게 고개를 숙이며 대답했다.

숲에서 노숙을 하기로 결정한 것은 북두산문만이 아니었다.

소림과 무당, 그리고 몇몇 문파 역시 천마루의 동굴로 들어가
지 않고 숲에서 밤을 지낼 준비를 하고 있었다.

하지만 이유는 서로 달랐다.

소림과 무당 등은 전신극을 지닌 괴고수의 출몰과 그가 동굴
속으로 몸을 피한 것이 분명 어떤 함정의 일환이라고 판단했기
에 숲에 머물렀고, 다른 문파들은 대부분 감히 전신극의 주인을
찾아 혈무가 난무할 동굴로 들어가는 것이 두려웠기에 숲에 머
문 것이었다.

그리고 그 무렵, 뒤늦게 숲에 도착한 사람들도 있었다.

"그녀예요."

숲의 남쪽을 따라 올라오던 적월이 문득 걸음을 멈추고 누군
가를 가리키며 놀란 표정을 지었다.

"흠… 오랜만에 보는군."

사송도 그녀를 발견하고는 반가운 듯 중얼거렸다. 그러면서
흘깃 불사 나왕의 눈치를 살피는 것을 잊지 않았다.

왜냐하면 달빛 아래에서도 숨길 수 없는 미모를 자랑하는 여

인은 바로 북두산문의 문주 백완이기 때문이었다.

백완과 불사 나왕 사이가 미묘한 인연으로 이어졌다는 것을 알고 있는 사송이어서 이 우연 같은 만남이 왠지 모르게 특별하게 느껴지기도 했다.

"결국 왔군."

불사 나왕이 짧게 말했다. 그의 목소리에선 약간의 실망감이 느껴졌다. 아마도 백완이 전신극을 찾아 이곳까지 온 것이 못마땅한 모양이었다.

"지난 몇 년 사이 북두산문은 크게 성장했다고 하더이다. 하지만 여전히 구패에는 못 미치는 상황, 전신극을 외면하기 힘들었을 것이오."

사송이 나름대로 백완의 행동을 변명했다.

"그녀의 마음이 여전히 북두산문의 군림에 있음이 안타까운 것이오."

나왕이 대답했다.

"그야… 어쩔 수 없는 것 아니겠소이까? 평생 당해온 수모가 있는데."

"만무회와 검산파에 대한 복수심이라면 이해하겠는데… 그녀는 아마도 그 정도로 만족하지 않을 것이오. 백 년 전의 천하제일가. 그게 목표일 것이오. 그러니 평생 편안할 날이 있겠소?"

나왕이 얼굴을 찌푸리며 말했다.

그러자 사송이 나왕을 빤히 바라보다가 물었다.

"그녀를 걱정하시는구려."

"……!"

사송의 말에 불사 나왕이 갑자기 뭔가에 얻어맞은 것처럼 당황한 표정으로 사송을 바라봤다.

그런데 사송의 얼굴에는 장난기가 하나도 없었다. 평소라면 이런 말은 농으로 해야 정상인 사송이었다.

"지금 뭐라 하셨소?"

나왕이 잠깐의 침묵 후 물었다.

"불사께서 그녀를 걱정하고 있다고 말했소이다."

"설마 그 말씀은… 내가……."

나왕이 변명을 하려다 말고 입을 닫았다. 변명까지 할 만한 일인가 싶어서라기보다는 갑자기 자기 자신의 마음을 확신할 수 없었기 때문이다.

설마 내가, 라는 의구심이 변명을 하다 말고 떠오르며 나왕이 머뭇거리자 사송이 정색을 한 표정으로 말했다.

"아시다시피 북두산문주 백완은 위험한 사람입니다. 여인이기에 앞서……."

"알고 있소. 그리고 걱정 마시오. 내가 한두 살 어린애도 아니고."

"물론 제가 어찌 불사를 걱정하겠소이까? 다만… 에이, 아니외다. 일이 참 묘하게 되었소이다. 전신극을 쓰는 자가 거미줄 같은 동굴로 무림인들을 유인한 것이라면 이 싸움은 제법 오래 걸리겠소이다."

사송이 급하게 말머리를 돌렸다.

그러자 나왕도 더 이상 백완에 대해 언급하지 않고 사송의 말에 대꾸했다.

"그래도 결국 승부는 그가 밖으로 나온 이후에 결정될 것이오. 저들과 어떤 승부를 하느냐가 중요하니까."

나왕이 북두산문 외에도 숲에 남은 무당이나 다른 명문의 무림문파들을 보며 말했다.

"그가 저 속에서 살아나오겠소?"

사송이 의구심 어린 표정으로 물었다.

"질문이 틀리셨구려. 그가 살아 나오냐가 아니라 과연 동굴 안으로 들어간 무림인 중 몇이나 살아남을지를 더 걱정해야 할 것이오."

"그 혼자 모두를 감당할 수 있다고 보시는구려."

"자신이 없다면 동굴로 끌어들이지 않았을 거요."

나왕은 전신극 주인의 무공에 대해선 확신을 하는 모양이었다.

뒤늦게 천마루에 도착해 그가 창을 쓰는 모습을 직접 보지는 못했지만 그가 지금까지 해온 일들의 흔적을 찾아다니며 이미 전신극의 주인, 사내 대량의 무공에 대해 깊이 탄복하고 있는 붐사 나왕이었다.

"우린 어쩌죠?"

적월이 물었다.

동굴로 들어갈지 숲에 남아 있을지를 묻는 것이다.

"글쎄, 들어가 보면 재미있기는 할 텐데."

"아유, 전 싫어요."

이곳까지 일행을 안내해 온 오손이 손사래를 치며 입을 열었다.

"걱정 말거라. 설혹 동굴로 들어간다 해도 널 데리고 들어가는 일은 없을 테니까. 동굴 속에서야 괜히 방해만 되지."

사송이 오손에게 핀잔을 줬다.

"정말 들어가실 거예요?"

오손이 자신 혼자 남겨지는 것도 걱정이 되는지 사송을 제쳐두고 나왕에게 물었다. 이미 오손은 이 무리의 실질적인 우두머리가 나왕임을 알고 있었다.

"일단 밖에 머뭅시다."

나왕이 오손에게 대답을 하는 대신 사송에게 말했다.

그러자 사송도 순순히 동의했다.

"사실 나도 내심은 그래야 한다고 생각하고 있었소이다. 다만 동굴 안 사정이 궁금했을 뿐이지. 지금 동굴로 들어가면 오히려 그를 만나지 못할 수도 있을 것이오. 사람들을 끌어들였다는 것은 저 동굴 속이 거미줄처럼 어지럽게 이어져 있다는 의미인데, 저 안으로 들어가 그를 찾아 돌아다니는 사이 그가 동굴을 빠져나갈 수도 있을 것이오. 그것보다야 차라리 이곳에서 그가 나오길 기다리는 것이 나을 것이오."

사송은 워낙 노련한 인물이라서 지금 그들이 선택할 수 있는 최선의 길이 무엇인지 냉정하게 판단하고 있었다.

"그럼 안 들어가는 거예요?"

오손이 반색을 하며 물었다.

"그래, 대신 늦었지만 네가 저녁 준비를 해라."

"아니, 지금 때가 어느 땐데 먹을 생각을 해요? 더군다나 조금 있으면 자정이라고요?"

"저 싸움이 언제 끝나겠느냐? 아마 내일 새벽은 되어야 결판이 날 거다. 그때까지 굶으란 말이냐?"

"건량이나 드세요."

오손이 퉁명스럽게 말했다.

"아서라. 한데 나와 있을 때 더 잘 먹어야 해. 거 좀 뜨뜻한 걸로 준비해 봐."

사송의 고집에 오손이 불만스러운 표정을 지으면서도 식량거리를 지고 있는 말이 있는 곳으로 다가갔다.

"천막이라도 칠까요?"

적월이 투덜대는 오손을 보고 미소를 지으며 나왕에게 물었다.

"이슬은 피해야겠지. 잠을 잘 것은 아니지만."

"알았어요."

나왕의 말에 적월이 간단하게 이슬을 막을 천막을 칠 준비를 서둘기 시작했다.

그 모습을 잠시 지켜보던 나왕의 시선은 자연스럽게 북두산문의 고수들이 노숙을 하는 곳으로 향해 있었다.

*　　　　　*　　　　　*

간간히 들려오는 비명 소리도 어느 순간부터는 뜸해지기 시작했다. 아마도 전신극의 주인과 그를 추격하는 자들이 동굴의 아주 깊은 곳까지 들어간 모양이었다.

그래서 천마루 밖, 함정에 들기를 거부했던 무림인들의 노숙지에는 두어 시진째 적막이 감돌고 있었다.

만약 곳곳에서 피어놓는 모닥불이 없었다면 이 숲에 사람들이 있다는 것을 눈치채지 못할 정도의 고요였다.

그 와중에도 시간은 빠르게 흘러갔다.

가장 어두운 시간이 지나자 결국 숲에도 새벽이 찾아들었다.

으스스한 아침 안개가 먼저 찾아왔고, 뒤를 이어 부지런한 새들이 울음을 울기 시작했다. 그리고 가장 늦게 빛이 스며들어 숲을 밝히기 시작했다.

그즈음에서는 각 무리에서 피워놓았던 모닥불들도 재만 남기고 잦아들어, 숲은 어두울 때보다도 더 쓸쓸해 보이는 시간이었다.

그러나 숲에 머물고 있던 사람들은 결코 긴장을 늦출 수 없었다. 숲에 새벽이 찾아올 때부터 다시금 동굴 안쪽에서 사람들의 소리가 들리기 시작했기 때문이다.

그리고 급기야 땅에서 일어난 안개가 숲의 거대한 나무들 위로 올라가 버릴 즈음 갑자기 하나의 동굴 속에서 사람들이 튀어나왔다.

"도와주시오! 놈은 악마요!"

동굴에서 가장 먼저 뛰쳐나온 자가 질러댄 소리였다. 그런데 이렇게 다급하게 도움을 청하기에는 어울리지 않은 차림새다.

귀한 옷감에 멋들어진 수염을 가진 인물로 얼핏 보면 노련한 강호고수로 보였다. 하지만 동굴을 벗어나며 소리치는 그의 모습은 영락없는 겁먹은 아이와 같았다.

"그자로구먼."

사송이 아는 척을 했다.

"누군지 아세요?"

오손이 물었다.

"우리가 널 만난 객잔에 들었던 자다. 뭐라고 했지? 난주의 무슨……."

"구정문이요."

사송의 기억을 적월이 일깨웠다.

"그래, 맞아. 구정문! 객잔에서는 천산으로 모이는 무림고수들의 명성에 겁을 먹고 돌아갈 생각을 하더니, 결국 천산까지 와서 동굴 속까지 들어간 모양이구먼. 사람의 욕심이란 참. 그래도 분수를 아는 자라고 생각했었는데."

적월 일행이 오손을 만난 객잔에서 그들은 구정문이라는 작은 문파의 등장으로 전신극에 대한 소문이 무림천하에 퍼졌다는 것을 알게 되었다.

그때 잠시 스쳐 지났던 구정문의 문주가 도움을 청하며 가장 먼저 동굴을 벗어난 인물이었다.

그러나 사실 그는 굳이 도움을 청할 필요가 없었다. 왜냐하면 그의 뒤로 동굴에서 탈출하려는 무림인들이 줄지어 달려 나오고 있었기 때문이다.

만약 전신극의 주인이 도주하는 자들을 추격하고 있다 해도 구정문의 문주에게까지 차례가 돌아오기에는 사람들의 숫자가 너무 많았다.

아니, 적어도 천마루 밖에서 지켜보는 사람들의 눈에는 그렇게 보였다.

하지만 그런 사람들이 생각은 단번에 뒤바뀌었다.

"나에게 도전한 이상 아무도 살아갈 수 없다."

어두운 동굴 안쪽에서 한마디 경고가 들리는 순간, 갑자기 허공에 눈부신 빛이 생겨났다. 그리고 그 빛이 동굴 밖으로 빠르게 멀어지더니 한순간 마른하늘에 벼락 치는 소리가 터져 나왔다.

쩌저적!

벼락 치는 소리가 일어나자 허공에 뜬 눈부신 빛으로부터 거미줄처럼 가는 벼락 줄기들이 도주하는 자들의 머리 위에 그물처럼 떨어져 내렸다.

"악!"

"크악!"

"사, 살려줘!"

단 한 번의 벼락에 대여섯 명의 입에서 비명 소리가 터져 나왔다. 그리고 그들은 정말 벼락에 맞은 것처럼 검게 그을린 얼굴을 하고 땅에 나뒹굴었다.

그러자 도주에 여유가 있어 보이던 구정문의 문주가 금세 추격자의 사정거리에 들었다.

턱!

허공에 떠오른 눈부신 창이 두툼한 손으로 날아와 잡혔다. 아니, 창이 아래로 떨어지면서 그의 손에 들어갔다고 보는 것이 정확했다.

창을 잡은 손의 주인은 전신극의 사내 대량이었다. 하룻밤 동안 동굴에서 무림의 고수들을 상대했던 그의 모습은 처음과는 많이 달라져 있었다.

검은 갓에 가려져 있던 얼굴은 모두 드러나 있었다. 물론 거친 머리카락이 얼굴 반을 가리고 있어서 생김새를 확실히 볼 수는 없었지만, 그래도 검은 갓으로 가려 있을 때보다는 훨씬 많은 것을 보여주고 있었다.

하지만 사람들은 그의 얼굴에 그리 큰 관심을 갖지 않았다. 아니, 관심을 가질 수가 없었다.

그 얼굴 아래 몸에서 눈을 뗄 수 없었기 때문이다.

혈인(血人), 이 말이 마치 그를 위해 만들어진 단어 같았다.

목 부위의 옷자락부터 짐승 가죽으로 얼기설기 만든 신발까지, 그의 몸을 감싸고 있는 것 중 붉지 않은 것이 없었다.

그리고 그 붉음이 인간의 피로 인한 것임을 모를 사람도 없었다.

"살마(殺魔)!"

어린 오손의 입에서 두려움 가득한 목소리가 자신도 모르게 흘러나왔다.

새벽 공기를 뚫고 동굴에서 튀어나온 사내 대량은 그렇게 살인마의 모습으로 세상 사람들 앞에 모습을 드러냈다.

만약 그의 손에 전신극이 들려 있지 않았다면, 전신극의 그 화려한 빛으로 자신의 몸을 뒤덮고 있는 붉은 피의 색을 중화시키지 않았다면, 그는 살마를 넘어선 악마의 화신으로 불렸을 수도 있었다.

그런데 묘하게도 전신극이라는 이 신비로운 창이 그의 몸을 덮고 있는 사람의 붉은 피조차도 어느 정도 정당한 것으로 만들어주고 있었다.

마치 전신극을 든 자에게 이 정도 피는 당연한 것이라는 듯…….

"저런 미친놈이 있나……."

사송도 피투성이의 사내 대량에게 질린 듯한 표정이었다. 웬만한 일에는 끄떡도 없는 그의 심기도 대량의 모습에선 흔들리는 모양이었다.

"정말 모두 죽일 생각인 것 같아요."

동굴에서 튀어나온 자들 중 그나마 살아 있는 자들을 향해 다시 전신극을 들어 올리는 대량을 보며 적월이 질린 표정으로 말했다.

그리고 그 순간 대량의 전신극이 다시 허공을 갈랐다.

번쩍!

눈부신 빛이 다시 한번 벽력의 그물을 만들었다. 쩌적거리는 공기 찢어지는 소리가 터져 나오고, 벽력의 그물에 걸린 무림인들의 몸이 다시 찢겨져 나갔다.

"악!"

"컥!"

연이어 터져 나오는 비명 소리, 그리고 어김없이 이어지는 죽음의 향연에 숲에서 사내 대량의 살육을 지켜보고 있던 무림인들이 치를 떨었다.

그러면서도 누구 하나 앞으로 달려 나가 대량을 막아설 엄두를 내지 못했다. 그만큼 전신극을 든 대량의 무공은 전율적이었다.

그러나 여전히 운이 좋은 사람이 있었다.

난주 구정문의 문주는 이번에도 살아남았다. 그뿐만이 아니었다. 그의 수하들 역시 아직도 서넛은 살아 있었다.

그들이 살아남은 이유는 단순했다. 그들은 오직 자리를 잘 잡았기에 살아남았다.

동굴에 들어갔을 때도 그들은 전신극을 얻으려는 것보다 싸움 구경을, 그리고 혹시나 모를 행운을 기대하며 들어갔기에 전신극의 주인 대량과 직접적인 충돌은 철저히 피했다.

싸움이 일어나면 그저 멀리서 싸움이 끝날 때를 기다리는 것이 전부였다.

그래서 더 이상 동굴 안에서 대량을 상대할 고수들이 없다는 것을 확인하는 순간 가장 먼저 도망 나올 수 있었다.

물론 그럼에도 불구하고 그와 그의 수하들이 제법 많이 살아남을 수 있었던 것은 천운이라는 행운도 포함되어 있었다.

지금도 그랬다.

전신극의 주인 대량이 만들어낸 벽력의 그물은 어김없이 구정문의 문주와 그 수하들에게도 떨어져 내렸다.

그런데 다행스럽게도 그들 앞에서 감히 그 벽력의 그물을 힘겹게나마 막아내는 고수가 있었다.

물론 대량이 만들어낸 벽력의 그물을 막아낸 대가로 그 고수는 온몸의 살이 찢겨지는 고통을 맛봐야 했지만, 그는 결코 손에 든 검을 버리지 않았다.

그 덕에 구정문의 문주와 그 수하들은 이번에도 목숨을 구할 수 있었다.

하지만 대량의 공세를 막아낸 노고수가 구정문의 문주를 구하기 위해 죽음을 무릅쓰고 전신극의 벽력을 막아낸 것은 아니었다.

그가 지키려는 사람은 따로 있었다.

"조숙부님!"

송가장의 소장주 송검산의 입에서 두려움과 비통함이 동시에 느껴지는 울부짖음이 터져 나왔다.

대량의 공격으로부터 자신을 지키기 위해 죽음을 무릅쓴 송가제일검 송옥의 왼팔이 그의 어깨에서부터 떨어져 나와 덜렁이고 있었기 때문이었다.

구정문 문주의 목숨이 어부지리로 살아 있는 이유도, 바로 송검산을 지키기 위한 송가제일검 송옥의 살신성인 덕분이었던 것이다.

제10장
마(魔)의 후예들

"괜찮군."

전신극의 주인 대량이 자신의 공격 일부를 막아내고도 살아 있는 송옥을 칭찬했다.

나이는 송옥보다 절반도 되지 않았지만 이상하게 그가 송옥을 칭찬하는 말이 어색하게 들리지 않았다. 아마도 그의 압도적인 무공 때문일 것이다.

"그만… 하시오. 이쯤하면 충분한 것 아니오? 사람을 더 죽여 얻는 것이 뭐요?"

왼팔이 잘려 나가고, 몸에 걸치고 있던 옷자락도 모두 잘려 나가 피투성이의 맨살을 드러내고 있던 송옥이, 그래도 목숨에는 이상이 없는지 그 몸을 하고도 송검산의 앞을 가로막으며 말했다.

"내가 얻는 것? …극복할 수 없는 공포? 그런 것 아닐까?"

"그래서, 사람들에게 공포를 심어주어 얻는 것은 또 뭐요?"

"곧 강호무림으로 나갈 거야. 그때… 좀 더 편해지겠지."

"무림공적이 될 것이오."

"애초에 전신극을 들고 있는 한, 내가 원하지 않아도 무림공적이 될 팔자였지. 천산으로 몰려온 이 승냥이 떼들이 그걸 증명하잖아?"

대량이 물었다.

그의 말은 틀리지 않았다. 그가 사람들을 몰살시켜 강호공적이 되기 전에도 그의 손에 전신극이 있다는 사실이 이미 그를 강호공적으로 만들어 버렸다.

천하에서 몰려든 이 수많은 무림고수들에게는 그가 지닌 전신극 그 자체가 죄업이었다.

"군림천하를 원하시오?"

"처음부터는 아니고… 이 길을 선택한 이상 결국 그렇게 돼야 하는 것이 아닌가 하는 생각이 들더군."

"후우… 구패를 이겨낼 수 있을 것 같소?"

송옥이 물었다.

그 자신이 구패의 일원인 송가장 사람이란 걸 은연중에 드러내 어찌 살길을 찾아보려는 의도도 포함된 말이었다.

아니, 그 자신은 몰라도 적어도 그의 등 뒤에서 어린 새처럼 떨고 있는 송검산만은 꼭 살리고 싶은 송옥이었다.

"그건 내가 걱정할 일이 아니고."

대량의 말에 송옥의 눈이 가늘어졌다.

"역시… 배후가 있구려. 누구요? 칠마의 후예들이오?"

송옥이 조금 큰 목소리로 물었다. 다분히 숲에 머물고 있는 무림고수들을 의식한 것이었다.

전신극의 주인이 칠마와 인연이 있다면 숲에 머물고 있는 구패의 다른 문파들도 두고 볼 수만은 없을 것이다. 그렇게 되면 그와 송검산에게는 살길이 열릴 수 있었다.

"칠마? 글쎄, 인연이라면 이 전신극의 전대 주인이 천마 파융이었다는 것 정도일까? 그 이상의 인연은 없는데."

"그럼 대체 그대는 어느 문파의 사람이오?"

"그런 것 없어. 단지, 이상한 사부 한 명이 있을 뿐이지. 그 사부가 어떤 배경을 지녔는지는 나도 잘 모르겠고. 아무튼 내가 강호에 나가게 되면 사부가 구패를 정리하지 않을까 싶은데… 뭐, 알 수 없는 문제지. 사부의 속은 하도 깊어서 도통 알 수가 없으니까."

대량의 말은 종잡을 수가 없었다.

사부가 있는 것은 분명한데, 그 사부에 대한 신뢰는 그리 크지 않은 모양이었다.

그러면서도 사부의 능력은 무척 대단하게 생각하는 것이 분명했다. 구패를 상대하는 것은 그 자신이 아니라 사부일 거란 말은 그의 사부가 구패를 상대할 능력이 있다는 의미였다.

"대체 당신 사부는 누구요?"

송옥이 물었다.

목숨의 위협이 아니더라도 정말 궁금한 문제였다. 그러나 대량은 더 이상 송옥과 대화나 나누고 있을 생각은 없는 모양이었다.

"이제 다 쉬었지? 당신의 능력이 제법 뛰어나서 그에 대한 예의 차원으로 저승 가기 전에 약간의 쉴 시간을 준 거야. 하지만 언제까지 쉬고 있을 수만은 없지. 아직 죽여야 할 자들이 많이 남았으니까."

대량이 전신극을 들어 올리며 말했다. 그의 시선은 송옥을 넘어 무림의 고수들이 머물고 있는 숲을 향해 있었다.

"강호의 동도들께선 이런 자를 그냥 두고 볼 것이오?"

대량이 전신극을 들어 올리는 순간 송옥이 큰 소리로 외쳤다.

그에게는 더 이상 대량을 상대할 힘이 남아 있지 않았다.

그렇다고 그의 등 뒤에서 떨고 있는 송검산에게 기대를 걸 수도 없었다. 여전히 그가 기대할 수 있는 것은 숲속의 강호고수들뿐이었다.

더군다나 숲속의 고수들은 동굴 속으로 전신극을 찾아 들어갔던 자들보다 훨씬 뛰어난 인물들이었다.

그들이 나선다면 송가장의 후계자인 송검산이 살 기회가 있을 수도 있었다. 그래서 송옥은 굴욕을 감수하고 숲속에 있는 무림고수들에게 도움을 청한 것이다.

그리고 그의 행동은 즉시 효과를 발휘했다.

"악적은 더 이상 사람을 해치지 마라!"

준엄한 꾸짖음과 함께 한 자루 검이 새벽 공기를 뚫고 숲으로부터 날아왔다.

쐐애액!

화살처럼 날아오는 검에 실린 날카로운 기운이 전신극의 주인 대량으로 하여금 송옥에 대한 공격을 멈추게 만들었다.

캉!

전신극이 한차례 꿈틀대자 대량을 향해 날아오던 검이 전신극에 막혀 다른 방향으로 날아갔다.

그런데 그렇게 검을 막아낸 대량의 얼굴에 뜻밖이라는 표정이 떠올랐다.

"부러지지 않아?"

대량은 전신극과 격돌한 검이 부러지지 않고 단지 방향만 틀어 다른 곳으로 날아간 것이 의외인 모양이었다.

"누구냐? 나서라!"

대량을 검이 날아온 방향을 보며 소리쳤다.

그러자 숲에서 일단의 무리들이, 아니, 여러 무리들이 동시에 모습을 나타냈다.

"무당과 소림에… 검산파와 남궁가까지. 저건 산동악가군… 대단해. 저 정도면 저자도 어쩌지 못할 것 같은데?"

사송이 대량을 막기 위해 천마루 앞으로 나선 자들을 보며 중얼거렸다.

"그러나 상대는 전신극의 주인이오."

불사 나왕은 구패의 다섯 문파, 땅에 쓰러져 있는 송옥 등 송가장의 사람들까지 하면 여섯 문파나 나섰음에도 싸움의 승패를 예측할 수 없다고 생각하는 모양이었다.

"설마 아무리 뛰어난 자라도 혼자서 저들을 감당할 수 있겠소이까? 동굴 속에 숨어서 하나씩 상대하는 것이 아니라면……."

사송은 절대 전신극의 주인 대량이 숲에 나온 강호고수들을 상대할 수 없다고 생각하는 듯했다.

그런데 그때 문득 오손이 물었다.

"그럼 저 사람들은요?"

"누구?"

사송이 되물었다.

"저기 저 사람들이요."

오손이 손을 들어 천마루 북쪽 계곡에 나타난 어스름한 사람 그림자를 보며 가리켰다.

"어? 정말 또 다른 자들이 있었네? 이거… 뭐지?"

사송이 갑작스러운 상황 변화에 놀란 표정으로 중얼거렸다.

"그의 동료들일까요?"

적월이 물었다.

"글쎄, 그랬다면 벌써 이 싸움에 관여했겠지. 그 혼자 싸우게 놓아두지는 않았을 거다."

나왕이 대답했다.

"그럼… 역시 전신극을 노리는 사람들이겠군요."

적월이 대답했다.

"아직 숲 주변에는 어부지리를 노리는 사람들이 많다. 북두산 문처럼……."

그러고 보니 북두산문은 여전히 숲속에 머물러 있었다.

"후우… 오늘 이 싸움의 끝이 어찌 될지 정말 짐작하기 어렵구먼."

사송이 고개를 저으며 한숨을 내쉬었다.

전신극의 주인 혼자 일으킨 참담한 살업은 아직 그 끝이 아니었다. 어쩌면 앞으로 지금까지보다 더한 살겁이 일어날 수도 있었다.

그 잔혹한 상상을 하는 사이 무림인들이 어느새 전신극의 주인 대량의 십 장 앞으로 다가서 있었다.

"대체 그대의 정체가 뭔가? 어떻게 전신극을 손에 넣었고, 또 왜 이런 참담한 살육을 저지르는 것인가?"

무당파의 노고수 청허자 유정이 사내 대량에게 물었다.

그러자 사내가 오만한 시선으로 유정을 바라보며 입을 열었다.

"무당의 도사군."

"그렇다. 난 무당의 청허자 유정이다."

무당의 청허자 유정이라는 이름은 무림 어디서나 상대에게 한 수 양보를 얻어낼 수 있는 이름이다.

그러나 사내 대량에게만은 그 이름값이 통하지 않았다.

"이름까지 알 건 없고, 무당의 도사라면 깊은 산중에 은거해 신선의 도나 닦을 일이지 뭐 하러 천산까지 왔나? 전신극 때문이 왔다면 도사의 본분을 잊은 가짜 도사 아닌가?"

대량이 유정을 힐난했다. 청허자 유정의 심기를 흔들려는 목적은 아닌 듯 보였다.

대량은 정말 무당 도사가 세속의 일에 깊이 관여하는 것이 못마땅한 모양이었다.

그리고 그런 대량의 진심 어린 힐난이 유정을 조금 더 자극했다.

"세상의 일이 도사도 신선도를 닦을 수 없게 하고, 스님도 불도를 탐구할 수 없게 하니 어찌 산속에만 머물 수 있겠는가? 칠마의 난이 그러했고, 오늘 그대가 벌인 이 살육이 또한 그러하다. 대체 이런 살육을 벌인 이유가 무엇인가?"

청허자 유정이 준엄하게 물었다.

그러자 대량이 어깨를 으쓱하며 대답했다.

"몰라서 묻나? 이 일은 내가 시작한 게 아니야. 이 전신극을 탐하는 자들이 시작한 것이지. 전신극을 탐하는 자가 나를 공격하는데 그냥 당하고 있으란 말이냐? 그들은 목숨을 걸고 날 공격하는데 나라고 별수 있나. 죽으려는 자들은 죽여주는 게 예의지. 그런데 당신들은 어떤가? 죽을 생각이야? 살 생각이야?"

참으로 거칠고 오만한 언사다. 그러나 그런 오만함이 전신극의 주인에게 너무 잘 어울렸다.

물론 바로 눈앞에서 모욕을 당한 청허자 유정의 생각은 달랐지만.

"전신극은 천하를 피로 물들였던 천마 파융의 병기다. 그가 죽었으니 그 흉물은 당연히 무림의 정대한 문파가 회수해 그 화근을 없애는 것이 당연한 이치, 전신극을 내놓고 그대가 벌인 살육의 죗값을 받으라."

"크흐흐… 이런 빌어먹을 늙은이가 있나. 전신극의 주인은 무림의 역사 이래 끊임없이 바뀌어 온 것을 모르는 거야? 어디서 어설픈 훈계질이냐? 늙은이, 전신극이 욕심나면 그냥 덤벼. 왜? 그래도 도사라고 자신의 탐욕은 숨기고 싶은 거야?"

너무도 직설적인 대꾸에 노련한 유정의 얼굴조차 붉게 달아오르기 시작했다.

"어린놈이 특별한 병기를 손에 넣었다고 기고만장하는구나. 그러나 그것도 오늘로 끝이다. 네가 감히 여기 모인 강호 동도들을 모두 감당할 수 있을 것 같으냐?"

유정이 대량을 에워싼 백여 명의 강호고수들을 들먹이며 협박했다.

"흐흐흐, 그게 바로 내가 원하던 바야. 이곳에 온 놈들을 모두 죽이는 것! 그래서 무림에 나 대량의 이름을 공포로 새기는 것 말이야. 그래야 추후 내가 강호에 나갔을 때, 보잘것없는 놈들은 알아서 내 발밑에 복종할 테니까. 적을 줄이는 거지."

대량이 득의한 웃음을 흘리며 말했다.

"정말 광오한 놈이로구나. 감히 혼자 천하를 상대하겠다니……"

"이 늙은이가 뭘 듣고 있었던 거야? 내가 왜 혼자 천하를 상대해? 천하는 내 사부란 노인네가 상대할 거고 난 그냥 사부가 벌여놓은 판 위에서 칼춤이나 추다 천하의 주인이 되면 되는 건데. 아아! 이런 쓸데없는 소리 할 필요가 없지. 일단 모두 죽이고 볼 일인데. 하룻밤 동안 창을 썼더니 조금 피곤하긴 하군. 자, 얼른 끝내자고!"

대량이 전신극을 들어 유정을 가리키며 말했다.

그 순간 유정이 자신도 모르게 뒤로 서너 걸음 물러났다. 대량의 눈빛과 그를 겨눈 전신극에서 흘러나오는 빛이 너무 강렬했기 때문이다.

"이 살인마는 혼자 상대하기 위험한 자요. 모두 힘을 합쳐 상대합시다."

청허자 유정이 소리쳤다.

무림에서 고수 소리를 듣는 사람들이 한 명의 적을 여럿이 합공하는 것은 여간한 경우가 아니면 찾아보기 힘들다.

무림은 강자존의 세계고, 그 강함을 증명하는 것은 대부분 각자의 몫이기 때문이다.

물론 무림도 사람이 사는 곳이라 집단의 힘으로 강호의 패권도 좌우되지만, 그 세력이 모이기 위해선 언제가 강한 존재가 구심점이 되어야 하는 곳이 무림이었다.

그래서 여간해서는 누군가를 향해 협공을 하지 않은 무림인들이지만 그것도 예외의 경우가 있었다.

생존을 위해 반드시 필요할 때, 그럴 때면 고수들도 본능적으로 강력한 적을 상대하기 위해 힘을 모으게 마련이다.

그리고 지금 무림고수들이 마주한 전신극의 주인 대량은 그런 강력한 적이었다.

청허자 유정의 제안에 장내의 고수들이 급히 대량을 에워쌌다.

남궁세가의 전대고수로 알려진 검의 달인 남궁중지, 창술을 예술의 경지로 끌어올렸다는 산동악가의 고수 악패, 무림오선의 일인인 소림의 대선사 항불의 제자로 알려진 지혜로운 중, 혜찬… 한 명, 한 명이 강호에 나가면 독보적인 존재감을 뽐낼 수 있는 자들이었다.

그런 그들이 대량 한 명을 상대하기 위해 힘을 모으고 있었다.

그렇게 구패에 속한 고수들이 한꺼번에 나서자 대량의 압도적인 무공에 질려 싸움을 피하고 싶어 하던 무림의 고수들도 용기를 내기 시작했다.

아무리 대단해 봐야 겨우 한 명, 그리고 그를 상대하려는 쪽에도 절정에 이른 고수들이 다수 있었으므로 전력으로 보자면 도저히 대량이 이길 수 없는 싸움이었다.

이런 싸움에서 뒤로 몸을 뺐다가는 두고두고 불명예의 치욕 속에 살아야 한다. 그러니 구패의 노고수들이 나선 이상 뒤로 물러나 몸을 사리는 사람은 없었다.

"악적! 네놈이 과연 혼자서 이 많은 무림의 영웅들을 상대할 수 있겠느냐?"

청허자 유정의 옆에 나란히 선 산동악가 창술의 달인 악패가 대량을 노려보며 소리쳤다.

하지만 대량은 악패의 호령보다 다른 것에 관심을 뒀다.

"창을 써?"

악패가 자신과 마찬가지로 창을 쓴다는 것이 대량의 호기심을 자극한 모양이었다.

"난 산동악가의 악패다. 전신극이 아니라면 네놈의 창술은 어린애 같은 것일 뿐… 헉!"

말을 하던 악패의 입에서 갑자기 헛바람이 새어 나왔다.

그리고 그 순간 그의 몸이 거의 일 장 정도 허공으로 솟구쳤다. 어느새 대량의 전신극이 그의 가슴을 찔러 들어왔기 때문이다.

"다른 놈들이 관여치 않는다면 전신극의 위력을 빌지 않겠다.

악가의 창술이 뛰어나다니 한번 놀아보자!"

팟!

전신극이 악패의 발을 아슬아슬하게 스치고 지나갔다.

대량이 전신극의 힘을 쓰지 않겠다고 한 것은 전신극이 가지고 있는 신비로운 힘을 쓰지 않겠다는 것이지, 병기로서 전신극을 쓰지 않겠다는 의미는 아닌 듯 보였다.

그래서 악패를 공격한 대량의 전신극에서는 그 화려한 빛도, 가는 벽력이 만들어내는 거미줄 같은 진기의 그물도 없었다. 단지 빠름과 태산이라도 꿰뚫을 것 같은 힘이 느껴질 뿐이었다.

팡!

허공을 가른 전신극이 부르르 몸을 떨며 파공음을 만들었다.

그러자 그 위에 떠 있던 악패가 허공에서 몸을 틀며 대량을 향해 단번에 네 번이나 창을 찔러댔다.

파파팟!

날카로운 소리와 함께 악패의 창이 대량의 사혈을 파고들었다. 그 쾌속함이 사람들의 눈에 보이지 않을 정도여서, 단번에 악패가 상황을 장악한 듯 보였다.

순수한 창술로는 악패가 대량의 위에 있다고 모두가 생각하는 순간, 악패에게 유리할 것 같던 싸움이 대량의 기합 소리와 함께 일변했다.

"핫!"

대량의 외침과 함께 전신극이 대량과 악패 사이에서 무섭게 회전했다.

웅!

카카캉!

전신극이 회전하면서 대량을 향하던 네 개의 창영(槍影)이 단숨에 흩어졌다.

거기서 끝이 아니었다. 대량이 창날이 아니라 창대로 악패를 후려쳤다. 그건 마치 창술이 아니라 봉술 같았으며, 패도적인 기운이 물씬 풍기는 공격이었다.

쿠오오!

반달처럼 휘어지는 그림자를 남기며 전신극의 창대가 악패의 머리로 떨어져 내렸다.

"놈!"

악패가 무지막지한 대량의 공격에 노성으로 대응하며 자신의 창을 양손으로 잡아 위로 치켜올렸다.

콰앙!

전신극과 악패의 창대가 열십자로 마주쳤다.

두 개 모두 강한 철을 이용해 만든 창이어서 한쪽이 부러지거나 하는 일은 없었다.

대신 두 사람의 창대가 마주치는 순간 빠르게 공력의 대결이 벌어졌다. 그리고 그 공력 대결은 믿을 수 없을 만큼 빨리 끝났다.

콱!

한순간에 악패의 무릎이 꺾였다. 꺾인 그의 무릎이 땅속 깊이 파고들어 갔다.

그런 그의 머리 위에서 창대를 사이에 두고 대량이 악패를 짓누르고 있었다.

주르륵!

공력 싸움에서 패한 악패의 입에서 붉은 피가 흘러내렸다. 심각한 내상을 입었다는 증거다.

이대로라면 악패의 목숨은 금세 끊어질 것이 분명했다.

하지만 상황이 그렇게 되도록 강호의 고수들이 놓아둘 리 없었다.

"이 악적, 내 검을 받아라!"

남궁가의 전대고수 남궁중지가 푸른 검기를 일으키며 위기에 빠진 악패를 구하기 위해 싸움에 뛰어들었다.

그러자 창대로 악패를 짓누르고 있던 대량의 입가에 한 줄기 미소가 떠올랐다.

"그래, 그래야 너희들답지. 재미도 있고!"

픽!

대량이 말을 하면서 오른발을 들어 악패의 가슴을 걸어찼다.

"컥!"

악패가 대량의 발길질에 급소를 맞고 피를 토하며 허공으로 날아갔다. 그 순간 대량의 전신극이 다시 그 화려한 빛을 뿜어냈다.

번쩍!

악패와의 대결에서는 드러나지 않았던 전신극의 신묘한 빛이 다시 번쩍였다.

대량은 약속대로, 적어도 악패와의 일대일 창술 대결에서는 전신극의 힘을 사용하지 않았다. 그러나 다른 자들을 상대하는 데는 전신극의 힘을 쓰지 않을 이유가 없었다.

쩡!

전신극에서 일어난 빛이 그대로 남궁중지의 검과 격돌했다.

순간 남궁중지의 명검이 두 동강 나더니 그대로 전신극의 빛이 남궁중지의 가슴을 갈랐다.

"억!"

남궁중지가 본능적으로 몸을 비틀었으나 이미 그의 가슴은 불에 덴 듯 검게 타들어가고 있었고, 그곳으로부터 강렬한 통증이 느껴졌다. 그러고도 여전히 전신극은 남궁중지의 마지막 숨통을 끊기 위해 움직이고 있었다.

"놈! 악독한 손길을 멈추라!"

한쪽에서 급격하게 변화하는 싸움의 양상을 지켜보던 무당의 고수 청허자 유정도 싸움에 뛰어들었다.

그러자 싸움을 지켜보던 무림의 뭇 고수들이 연이어 전신극의 주인 대량을 공격하기 시작했다.

놀라운 일이었다.

물론 이미 적풍사를 맞아 일 대 백의 싸움을 승리로 이끈 대량이기는 했다.

그러나 지금 그가 상대하는 일백여 명의 고수들과 적풍사의 마적들을 비교할 수는 없었다.

지금 그를 공격하는 자들은 하나같이 강호에서 내로라하는 일류고수들이었다. 개중 몇몇은 절정의 경지에 오른 자들이기도 했다.

그럼에도 불구하고 대량은 그들 속에서 호랑이였다.

대량이 허공으로 도약하며 전신극을 휘두르면 반드시 두어 명의 고수들이 쓰러졌고, 그럼 그의 앞이 훤하게 열렸다.

그런 상태에서 대량은 고수들의 포위망을 뚫고 탈출하려면 얼마든지 탈출할 수 있었다. 그러나 대량은 이곳을 떠날 생각이 전혀 없어 보였다. 그는 오히려 자신을 포위한 일백 강호고수들을 사냥하고 있었다.

양 떼에 둘러싸인 호랑이처럼 그는 자신에게 달려드는 자들을 마다치 않고 베어 넘기고 있었다.

그래서 대량과 일백여 명의 강호고수들의 싸움이 시작된 지 이각여가 지나자 이제 차가운 바닥에 쓰러진 자들의 숫자가 스무 명이 넘어서고 있었다.

그 와중에도 대량은 별로 지친 기색을 보이지 않았다. 끊임없이 공력이 솟아나는 사람처럼 대량은 물러나지 않고 무림고수들을 공격했다.

그러자 서서히 무림고수들 사이에 공포가 스며들기 시작했다. 어쩌면 자신들이 모두 죽어도 전신극의 주인을 제압할 수 없을 거라는 공포였다.

사실 정상적인 생각을 가진 사람이라면 그것이 불가능하다는 것을 누구나 짐작할 수 있었다.

대량이 아무리 뛰어난 무공을 가지고 있고 그의 손에 전신극이 들려 있다 해도, 그 혼자 일백 강호고수를 모두 몰살할 수는 없었다.

겉으로는 전혀 지치지 않은 듯 보여도, 사람의 공력은 영원할 수 없어서 대량도 결국 내공의 바닥을 보이고 말 것이 분명했다.

특히 무당의 유정이나 소림의 혜찬 같은 절정고수는 여전히 위협적으로 대량의 급소를 노릴 수 있는 사람들이었다.

만약 대량을 공격하는 자들이 두려움을 떨치고 좀 더 세차게 그를 몰아붙인다면 다시 이각의 시간 후에는 전세가 역전될 수도 있었다.

그러나 사람들은 결국 강자에 대한 근원적인 공포심을 견디지 못했다.

일백 강호고수를 상대하고도 전혀 지쳐 보이지 않는 대량을 목격한 무림인들의 눈에 대량은 마치 난공불락의 거대한 성처럼 느껴졌고, 그 성의 막막함에 두려움을 느낀 자들이 하나둘 뒤로 물러나기 시작했다.

한 사람이 물러나면, 결국 두 사람이 더 물러나게 되고, 그렇게 단단했던 포위망도 허물어지는 것이 이치였다.

"물러서지 마시오. 그는 결국 혼자요!"

무당의 유정이 뒤로 물러나는 무림인들을 보며 싸움을 독려했다.

그러나 이미 대량에 대한 공포심에 마음으로 굴복한 무림인들이 유정의 말에 따를 리 없었다.

"돌아간다!"

가장 먼저 후퇴를 선택한 사람은 운 좋게도 천마루의 동굴 속에서 살아 나온 구정문의 문주였다.

무림고수들의 협공이 시작된 이후 어찌 명예라도 한 자락 얻어볼까 싸움을 지켜보고 있던 그였지만, 대량의 압도적인 무공에 겁을 먹은 무림인들이 하나둘 싸움에서 물러나자 언제나처럼 가장 먼저 이곳을 떠나기로 결정했던 것이다.

그의 명에 따라 구정문의 생존자들이 서둘러 장내를 떠나기 시작했다. 그러자 일부 무림인들 역시 홀린 듯 구정문의 사람들을 따라 숲으로 달려갔다.

그런데 발 빠른 구정문주의 선택이 그리 좋은 결과를 가져오지는 않았다.

구정문주가 구정문의 생존자들을 데리고 천마루 맞은편 숲의 북쪽으로 들어간 직후, 그들은 다시 피투성이가 된 채 비명을 지르며 숲 밖으로 도망쳐 나왔던 것이다.

"사, 살려주시오!"

처음 천마루의 동굴에서 도망치며 외쳤던 소리를 구정문주가 똑같이 외치며 숲에서 달려 나왔다.

그를 따라 숲으로 도주했던 몇 명의 무림인들도 피투성이가 된 채 숲에서 달려 나왔다. 그리고 그 뒤쪽, 숲의 경계에 거뭇한 인영들이 모습을 드러냈다.

"그들이에요."

적월이 도주하던 자들을 몰아세우며 새롭게 등장한 자들을 보고 말했다. 애초에 천마루 북쪽에 나타났던 자들이었다.

그런데 그들을 보는 나왕의 표정이 좋지 않았다.

"흠……."

"저들은……."

사송 역시 심각하기는 마찬가지였다.

"아는 사람들이에요?"

살벌한 싸움에 잔뜩 겁을 먹은 오손이 두려운 목소리로 물었다.

"아무래도 그렇지요?"

오손의 물음에 대답을 하는 대신 사송이 나왕에게 물었다.

그러자 나왕이 고개를 끄떡였다.

"아무래도 그런 것 같소이다."

"대체 누군데요?"

오손이 다시 물었다.

"마도의 인물들이다."

사송이 짧게 대답했다.

"마도의 인물이요? 마도가 어디 한둘인가요?"

"십육마문!"

사송이 조금 귀찮다는 듯이 짧게 말했다.

"헉! 십육마문요?"

오손이 경악스러운 표정으로 되물었다.

그러나 사송은 더 이상 오손의 물음에 대답하지 않았다. 대신 그는 갑자기 변한 장내의 상황을 주시하는 데 모든 신경을 집중하기 시작했다.

그런데 십육마문의 후인들일 것으로 짐작되는 자들이 나타난 것에 긴장한 사람들은 나왕과 사송만이 아니었다.

전신극의 주인 대량과 치열한 싸움을 벌이고 있던 무림인들 중 몇몇 노고수들 역시 당황스러운 표정으로 급하게 소리쳤다.

"싸움을 멈추시오. 모두 한 곳으로 모이시오."

급하게 소리를 질러 사람들을 불러 모은 사람은 소림의 고승 혜찬이다. 무림오선 항불의 제자로 알려진 고승 혜찬의 말은 다른 무림고수들이 갖지 못한 힘을 가지고 있었다.

소림은 언제 어느 시대든 무림의 중심에서 벗어난 적이 없었다. 그래서 무림에서 소림승들은 언제든 존중받았다. 그 이유는 그들에게 사심이 없다고 사람들이 믿기 때문이다.

혜찬의 외침 역시, 그래서 무림인들에게 즉시 효과를 나타냈다.

이미 전신극의 주인 대량의 무위에 공포심을 느끼던 무림인들이 혜찬의 외침에 일제히 대량에게서 물러나 고승 혜찬 주위로 모여들었다.

일백여 명에 이르던 무림인들이 죽거나 도주한 자들을 제외하니, 이제 겨우 오십여 명밖에 남아 있지 않았다.

무림인들이 물러나자 괴고수 대량 역시 전신극을 멈췄다. 그 역시 새로 장내에 등장한 자들이 신경 쓰이는 모양이었다.

"떡 본 김에 제사 지낸다고 좀 쉴까?"

쿵!

대량이 전신극으로 땅을 찍었다. 그러고는 전신극에 기대어 팔짱을 낀 채 흥미로운 눈으로 숲속에서 모습을 드러낸 자들을 보며 소리쳤다.

"어이! 숨어 있지만 말고 이리 나와. 얼굴이나 보자고! 자신 없으면 물러가고!"

대량의 외침에 숲속으로 도주하는 무림고수들을 밀어낸 자들이 잠시 당황한 모습을 보였다.

그러다가 결심을 했는지 결국 숲 밖으로 나오기 시작했다.

그러자 그들의 정체가 좀 더 확연해졌다.

"역시 십육마문!"

누군가에 입에서 흘러나온 이 한마디 말이 장내의 분위기를 더욱 차갑게 얼려 버렸다.

십육마문이라니.

칠마와 십육마문의 난이 끝난 지 어느덧 이십 년이 지났지만, 그 피의 기억은 여전히 강호인들에게 생생하게 남아 있었다.

그래서 지금도 강호에서 십육마문의 잔당들은 반드시 추격해 추살해야 할 강호 제일적이었다.

그래서 얼마 전 잠시 모습을 드러냈던 음양교 인왕 홍광에 대한 추격전이 지난 일 년여간 무림맹의 가장 중요한 관심사였던 것이다.

그런데 지금 그런 십육마문의 후예들이 한 명도 아닌 오십 명 가까이 모습을 드러낸 것이다.

더 놀라운 것은 그들 중에는 강호의 노고수들이라면 충분히 그 얼굴을 알아볼 만한 자들이 섞여 있다는 사실이었다.

"묵마… 와 나찰녀……."

"거기에 혈사자 여관호에 귀곡 이수라. 곤란하군. 곤란해."

소림 노승 혜찬의 말에 청허자 유정이 고개를 저으며 덧붙였다.

그러자 한쪽 팔이 잘린 채 겨우 목숨을 건진 송가장의 송가제일검 송옥이 두 사람 곁으로 다가서며 말했다.

"아무래도 십육마문의 함정이었던 것 같소이다."

"음… 이제 보니 그런 듯하오. 강호의 동량들을 끌어들여 과거의 복수를 하고, 무림의 근기를 흔들어 재기를 도모하려는 모양이오."

노승 혜찬이 굳은 표정으로 말했다.

"그렇다면 일단 어떻게든 이곳을 벗어나야 하지 않겠소?"

송옥이 다시 말했다.

"맞소이다. 지금은 전신극이 문제가 아닌 것 같소."

청허자 유정도 송옥의 의견에 동조했다.

그런데 그때, 다시 그들이 예상치 못한 일이 벌어졌다.

그리고 그것이 장내의 상황을 묘하게 변화시켰다.

"뭐 하는 자들이지? 당신들도 이 창에 관심이 있나?"

전신극의 주인 대량이 한 무심한 질문이 사람들의 예상이 틀렸다는 것을 즉시 알려주었다.

숲에서 나타난 십육마문의 후인들과 전신극의 주인 대량 사이에는 아무런 연관이 없었던 것이다. 더군다나 보아하니 대량은 이들이 십육마문의 후예라는 것도 모르는 듯싶었다. 그래서 탈출을 생각하던 무림인들의 계획은 잠시 뒤로 미뤄졌다.

노련하게 상황을 파악한 무림의 노고수들은 본능적으로 돌아가는 상황을 좀 더 지켜볼 필요가 있다고 느꼈다.

"그대는 구중천과 어떤 인연이 있는가?"

대량의 질문을 받은 십육마문의 후인들 중 한 명이 대량에게 되물었다.

초로의 나이에 강렬한 안광, 천하를 한 손에 움켜쥐어도 시원찮을 패도의 기운이 물씬 풍기는 자다.

"구중천? 천마 파융의 문파 말인가?"

대량이 되물었다.

"그렇다."

질문은 던진 자가 대답했다.

"파융이라. 이 창이 한때 그의 것이었다지? 하지만 그것 말고는 난 그와 인연이 없는데?"

대량이 심드렁하게 대답했다.

"그럼 어떻게 전신극을 취한 것이냐?"

"그건 알아서 뭐 하게?"

"난 그걸 알아야 할 권리가 있는 사람이다!"

"그래? 당신이 누군데?"

대량이 퉁명스럽게 물었다.

"난 구중천의 새로운 천주 후금이다. 천마 파융 님의 제자이기도 하니 당연히 전신극이 어떻게 그대 손에 들어갔는지 알 권리가 있는 사람이다."

"그게 뭐 어쨌다는 거지? 설마 이 창이 한때 천마 파융의 손에 있었다고 대대로 그의 제자에게 권리가 있다고 말하려는 것은 아니겠지?"

대량의 말에 스스로 파융의 제자라 밝힌 후금이란 초로의 고수가 대답을 하지 못하고 대량을 노려봤다.

그러자 대량이 다시 말했다.

"치우의 창, 전신극의 주인은 오직 천운에 따라 결정되어 왔다. 그게 한 사람의 소유였다고 해서 그의 후손에게 소유할 권리가 이어진 적은 한 번도 없었지. 그래서 전신극이 스스로 자신의 주인을 선택한다는 말이 있는 것이다. 그런데 단지 천마 파융의 제자라는 이유로 당신에게 전신극에 대한 권리가 있다는 것이냐?"

"적어도… 그것이 어떻게 당신 손에 들어갔는지는 알아야 하겠다."

후금이 고집을 부렸다.

"그게 아니라 이놈을 갖고 싶은 거겠지."

우웅!

대량이 전신극을 한바탕 휘둘러 거친 바람 소리를 만들어냈다. 그러자 전신극이 지나간 자리를 따라 눈부신 빛무리가 무지개처럼 펼쳐졌다.

사람을 베는 흉한 무기가 아니라면 세상에서 가장 아름다운 물건이라고 할 수 있었다.

"부인하지 않겠다. 사부의 것이었으니까. 전신극을 넘긴다면 그대를 이 곤경에서 벗어나게 해주겠다."

후금이 말했다.

"곤경? 무슨 곤경?"

대량이 어리둥절한 표정으로 되물었다.

그러자 후금이 소림과 무당 등 무림고수들을 가리키며 말했다.

"이들을 우리가 정리해 주겠다는 뜻이다!"

순간 무당의 청허자 입에서 호통이 터져 나왔다.

"간악한 마도의 종자가 감히 누굴 위협하는 것이냐? 혈란 끝에 꼬리를 말고 도주해 목숨을 부지했으면 평생 숨어 살 일이지. 감히 세상에 나와 그나마 연명해 온 목숨조차 버리려 하느냐?"

청허자의 호통에 후금의 시선이 청허자에게로 향했다.

"청허자 유정! 그대는 하나는 알고 둘은 모르는군."

후금이 유정을 보며 냉갈했다.

"홍, 모를 것이 뭐가 있겠느냐? 내가 아는 바는 오직 하나! 십육마문의 잔당들은 밝은 해를 보고 살 수 없다는 것뿐이다."

창!

청허자 유정의 손에 들린 검이 날카로운 검음을 만들어냈다. 당장에라도 후금과 일전을 벌일 기세다.

그런 유정을 보며 후금이 차가운 표정으로 대꾸했다.

"모르겠다면 내가 가르쳐 주마. 세월은 모든 것을 변화시킨다. 비통한 패배는 이미 이십 년 전의 일이다. 그동안 우리 십육마문은 먼 변방에서 힘을 길러왔다. 그래서 이젠 너희들 무림맹과 일전을 결할 준비를 마쳤다. 그리고 한 가지 더, 이 땅이 어디인지를 생각하라. 이곳은 천산이고, 천마루다. 바로 우리 구중천의 땅이지. 하물며 중원과는 수천 리 거리. 너희들은 겨우 오십이다. 과연 우리의 칼날을 버텨낼 수 있을 것 같으냐?"

후금의 호통에 유정의 표정이 일변했다.

들고 보니 지금 이 상황은 결코 자신들에게 유리하지 않았다.

만약 전신극의 고수 대량과 후금 등 십육마문의 후예들이 힘을 합친다면 무림고수들은 몰살을 면치 못할 형국이었다.

하지만 세상일은 사람이 예상하는 대로만 진행되는 것이 아니다. 그리고 그 변수는 다른 사람이 아닌 전신극의 주인 대량이 만들었다.

"날 위해 이자들을 베겠다고?"

한창 청허자 유정과 말싸움을 하는 후금에게 갑자기 대량이 물었다.

"그렇다. 단, 전신극을 양보한다는 조건하에!"

그러자 대량이 고개를 저었다.

"아니, 그것보다 더 좋은 제안을 하지."

"더 좋은 제안? 그게 무엇이냐?"

후금이 대량의 말에 관심을 보이며 되물었다. 대량과 손을 잡을 수 있다면 그들로서는 마다할 이유가 없었다.

그러자 대량이 마치 관대한 황제가 된 것 같은 표정으로 말했다.

"당신과 당신의 수하들이 내 종복이 되는 것이지. 사실 말이야. 난 정파니 마도니 그런 구분을 싫어해. 그리고 오늘 전신극을 노리고 여기 온 자들은 정사를 구분하고 모두 죽일 생각이었거든. 그런데 생각해 보니 나 대신 귀찮은 자들과 싸워주겠다는 자들까지 죽일 필요는 없을 것 같아. 스스로 내 종복이 되겠다고 하면… 저들과 싸워서 내 종복이 될 자격이 있음을 증명할 기회를 주지."

대량이 미소를 지으며 무림맹의 고수들을 전신극으로 가리키고 말했다.

『십이천문』 8권에 계속…

초대형 24시 만화방

신간 100%, 샤워실, 흡연실, 수면실(침대석), 커플석, 세탁기 완비

▪ 광명 광명사거리역점 ▪

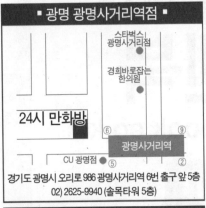

경기도 광명시 오리로 986 광명사거리역 6번 출구 앞 5층
02) 2625-9940 (솔목타워 5층)

▪ 강북 노원역점 ▪

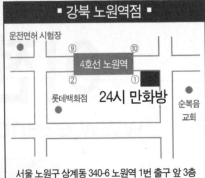

서울 노원구 상계동 340-6 노원역 1번 출구 앞 3층
02) 951-8324 (화용빌딩 3층)

▪ 일산 정발산역점 ▪

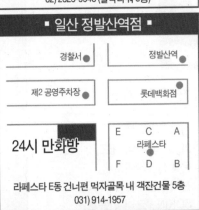

라페스타 E동 건너편 먹자골목 내 객잔건물 5층
031) 914-1957

▪ 일산 화정역점 ▪

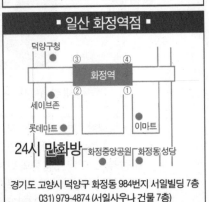

경기도 고양시 덕양구 화정동 984번지 서일빌딩 7층
031) 979-4874 (서일사우나 건물 7층)

▪ 부천 역곡역점 ▪

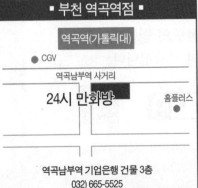

역곡남부역 기업은행 건물 3층
032) 665-5525

▪ 부평역점 ▪

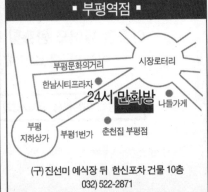

(구) 진선미 예식장 뒤 한신포차 건물 10층
032) 522-2871

FANTASTIC ORIENTAL HEROES

와룡봉추

임영기 新무협 판타지 소설

세상천지 원하는 것을 모두 다 이룬
천하제일인 십절무황(十絶武皇).

우화등선 중, 과거 자신의 간절한 원(願)과 이어진다.

"…내가 금년 몇 살이더냐?"

"공자께선 올해 스무 살이죠."

개망나니였던 육십사 년 전으로 돌아온
화운룡(華雲龍).

멸문으로 뒤틀린 과거의 운명이 뒤바뀐다!

Book Publishing CHUNGEORAM

유행이 아닌 자유추구 -
WWW. chungeoram.com

검선마도

조돈형 무협 판타지 소설

FANTASTIC ORIENTAL HEROES

매화가 춤을 추고 벽력이 뒤따른다!

분심공으로 생각과 행동을
둘로 나눌 수 있게 된 풍월.

한 손엔 화산파의 검이, 다른 한 손엔 철산도문의 도가.
그를 통해 두 개의 무공이 완벽하게 하나가 된다.

검과 도, 정도와 마도!
무결점의 합공이 시작된다.

불영야차

천품사 新 무협 판타지 소설

FANTASTIC ORIENTAL HEROES

천도(天道)에 이끌려 소림의 품속에서 자라난
마인의 자식 법륜.

불존(佛尊) 자오대승(紫悟大僧) 무허에게
사사하고 무승이 되는데……

천명인 것일까?
운명은 그를 가만히 놔두지 않는다.

물러서지 않는다.
뒤돌아보지 않는다.
원하는 것이 있으면 내 손으로 쟁취한다.

천하를 내 발아래로.
무승 법륜의 서사시가 시작된다!

Book Publishing CHUNGEORAM

유행이 아닌 자유추구 –
WWW. chungeoram.com